人生由我：
做勇敢
和浪漫
的自己

乐黛云

Yue Daiyun

著

## 图书在版编目（CIP）数据

人生由我：做勇敢和浪漫的自己 / 乐黛云著. -- 北京：北京时代华文书局，2023.8（2025.3重印）

ISBN 978-7-5699-5001-4

Ⅰ.①人… Ⅱ.①乐… Ⅲ.①散文集－中国－当代 Ⅳ.①I267

中国国家版本馆CIP数据核字(2023)第132929号

Rensheng You Wo : Zuo Yonggan he Langman de Ziji

| | |
|---|---|
| 出 版 人： | 陈 涛 |
| 选题策划： | 张 锦　陈丽杰 |
| 责任编辑： | 陈丽杰 |
| 执行编辑： | 石 雯 |
| 责任校对： | 薛 治 |
| 营销编辑： | 俞嘉慧　赵莲溪 |
| 封面设计： | 许天琪 |
| 内文设计： | 段文辉 |
| 责任印制： | 訾 敬 |

出版发行：北京时代华文书局 http://www.bjsdsj.com.cn
　　　　　北京市东城区安定门外大街138号皇城国际大厦A座8层
　　　　　邮编：100011　电话：010-64263661　64261528
印　　刷：三河市嘉科万达彩色印刷有限公司

| | | | |
|---|---|---|---|
| 开　　本： | 880 mm×1230 mm　1/32 | 成品尺寸： | 130 mm×185 mm |
| 印　　张： | 8.75 | 字　　数： | 163千字 |
| 版　　次： | 2023年12月第1版 | 印　　次： | 2025年3月第2次印刷 |
| 定　　价： | 59.00元 | | |

**版权所有，侵权必究**

本书如有印刷、装订等质量问题，本社负责调换，电话：010-64267955。

汤一介先生常说：人应该学会"在自由与不自由之间"生活，"在非有非无之间"找寻"自我"，照我看就是庄子的"顺自然"。他一生谨守祖训"事不避难、义不逃责"，精研中国传统文化，早岁究心佛道及魏晋玄学，后归本儒学。晚年参与创办中国文化书院、主持编纂卷帙浩繁的《儒藏》，厥功至伟。

我个人在时运好转时不曾狂傲膨胀，跌落低谷时从不自暴自弃。我知道存在荒谬，却不靠近虚无。我希望一直勇敢、浪漫、自然和自信，葆有开放、批评但也包容、非排他性的心态。

愿我们人类能在宇宙的无限丰富性和多样性即万物中，努力追求永恒与和谐，也能实现自我的价值：生命应该燃烧起火焰，而不只是冒烟！

乐黛云

2023年5月11日于北大

# 苦难 生命被作品的净化器

## 金丝燕

苦难 生命被作品的净化器
只有不可见的不可称量
你的眼光透着紧张
拒绝和欣悦交织
融入星星的光亮
洒向人类和众生灵

你是斗士 从不上战场
通过自己的风暴 而
在如此爱做梦
的存在 浓厚的 瞬间的
从内部碎裂的

你作品着生命
挖掘着 撕裂着
为了它从任何一面的变
这生存喜剧的携带者

通过你自己的风暴
雨的坟墓
它透出宇宙的悸动

你的眼神
树精灵 泄露
过客生命的流畅
真美是冲击的 挑衅的
撕裂 暗指
不埋葬灵魂
借口安静 动人 顺从

偶然
天唯一的逻辑
你的人类是文明的
当没有人的时候

一个生命受着眷顾
被几颗迷途的
在大地流亡的
星星 端坐
在单调的 游离出外的我的内核

奇迹只要觉性足够了
依顺着魔或狂喜的
瞬间被众太阳的光泽联结
直面宇宙那被象征的不可见
它伟大如无限
而当下感觉如露珠 一粒

推荐序

# 儒雅质朴，浪漫天真

戴锦华

为两位我最敬爱的尊师乐黛云、汤一介先生的作品集作序，于我，饱含着僭越的惶恐与隐秘、丰盈的欣悦。如同有机会在一份自昨日发往未来之厚礼的包装纸上悄悄地印上一枚模糊的指纹。

两位先生的作品集是他们闲来偶为的夫子自道，是他们大波大澜的生命故事的余波或涟漪，是他们的"出处"与片段印痕。从容怡然、云淡风轻的文字之间与深处，是大时代雨急风骤的世纪回响。在汤先生那里，娓娓铺陈的，是几代人的文脉相继、书香凝敛，是时代的追随，也是价值的坚守；在乐老师那里，是迎向暴风雨的豪情、张扬与背负、承担。正像这对传奇伴侣的故事，风雨同舟，错落成影。

四十年前，他们并肩未名湖畔的背影，令我做出了终老学院的毕生之选。

最初与两位尊师相遇之际，是二十世纪七八十年代之交那些浓烈而急促的时日。那时，乐老师作为一位"归来者"，携带着某种近乎神圣的传奇光晕。在彼时彼地年轻人的眼中，这些历经了二十三年蹉跎、放逐，再度绽放活力的先行者，正是勇气、悲情与智慧的所在。不久，乐老师真真切切地以一己之力开创中国比较文学学科之际，在彼时我们的心中更冉冉如一颗明亮巨星，猎猎如一面醒目的旗帜。相较乐老师的领袖式炫目，在那时我幼稚浅薄的眼中，汤先生"只是"一位儒雅质朴的学者。尽管我大学时代的大胆妄为之一，便是公共课的报到点名之后，将书包沿排水管滑向草坪，然后溜出教室，混入哲学系汤老师的课堂。溜出与混入，事实上都顶着满屋同学不满乃至嫌弃的目光。于彼时千真万确地陷于社恐的我说来，无异梦魇。但整个学期，我不曾"缺课"于汤老师的道教研究的课堂，因为其中的魅力于我，如铁屑遇磁石。彼时，我一腔热血地仰望着乐老师，渴望成为一名军中马前卒，只是以为乐老师平复了西蒙娜·波伏娃的怨念：汤老师的社会身份似乎的确是"乐黛云的伴侣"。我甚至以为，乐老师日常频繁出访欧美各国的学术旅行中，汤老师是"随行家属"，而非事实上的"同量级嘉宾"。彼时尚不知：在中国比较文学披荆斩棘、落地生根的突破之畔，是汤老师主导的中国文化书院的支撑和共进；乐老师决意跨学科，创立中国自己的"缅因河畔法兰克福学派"的宏大构想，有汤老师学识、见地、胆略的共识和加成。彼时尚不知，曾经那些风雨如磐的日子里，汤老师自乐老师手中接过几个月大的孩子，送妻子踏上"农村改造"之途时付出了怎样的深情、勇气和牺牲，不知汤老师写给身为右派分子的妻子的信笺，抬头以"同志"二字开头向乐老师传递了多少跃然纸上、又无法付诸言表的爱与守候。

及至我年逾而立，终于成了乐老师麾下一名小卒，不时"蹲守"乐老师书房受训、倾谈或待命，汤老师多在自己的书房里办公，也不时隔墙介入我们的谈话和争论。那时，我才渐渐知晓：乐老师是帆，汤老师是锚。时不时，乐老师冲动、激愤的言辞，会续上隔壁汤老师一句带笑意的批评，偶尔，我们（有时是我）的激进议论会意外地赢得汤老师墙外的加盟背书。那时，我才近切地体会着他们生命的共振和同幅的脉动，才理解了乐老师那源源不绝的活力、创意，毫不吝啬的善意与意趣，得自怎样的思想与情感的富足的输入，来自怎样的爱、欣赏和包容。这也是这套丛书中的一本：两位先生给年轻人的珍贵的国文课。那是他们对时代、对中国、对文化，尤其是对年轻人与后来者的厚重而深切的爱意，是他们共同生命淌出的一线细流。

祈望这套精美的丛书：两位先生的细语与自道、两位先生对晚辈后生的指点，能成为一个指向标，引领我们初窥大时代之子/之女在暴风雨中诞生、在暴风雨中搏击、在暴风雨后云淡风轻的心灵风景，引领我们自此进入他们博大的思想与学术的世界，引领我们去叩访一个渐行渐远、却奠基、缔造了我们的当下、此时的历史时段。

目录

辑一

# 梦开始的地方

父亲的浪漫 002

母亲的胆识 013

伯父的遗憾 018

我的初中国文老师 022

故乡的月 026

我从小就喜欢面对群山 030

我心中的山水 034

蜻　蜓 039

小粉红花 042

辑二

# 北大，北大

初进北大 048

四院生活 052

快乐的沙滩 059

空前绝后的草棚大学——记北大鲤鱼洲分校 071

从北大外出远游 081

美丽的治贝子园 097

忧伤的小径 101

我们的书斋 103

同行在未名湖畔的两只小鸟 107

辑三

# 那些自由的精魂

献给自由的精魂——我所知道的北大校长们　110

怀念马寅初校长　120

望之俨然,即之也温——我心中的汤用彤先生　125

文化更新的探索者——陈寅恪　137

永恒的真诚——难忘废名先生　149

大江阔千里——季羡林先生二三事　158

一个冷隽的人,一个热忱的人——纪念吾师王瑶先生　163

沧海月明珠有泪——忆女友　167

绝色霜枫——家麟　172

## 辑四

# 我就是我——这历史属于我自己

魏晋女性生活一瞥 180

鲁迅心中的中国第一美人 186

美丽的巫山神女和山鬼 200

漫谈女性文学在中国 204

叛逆、牺牲、殉道——现实和文学中的中国女性 210

情感之维 220

问世间"情"为何物 223

我的五字人生感悟 234

塑造我的人生的几本书 239

人生变奏 241

何时始终,何处来去 248

八十岁感言 252

九十岁感言 259

附录一 261

附录二 263

辑一

梦开始的地方

# 父亲的浪漫

在我的印象中,父亲一直是一个追求浪漫之人。二十世纪二十年代,他千里迢迢,跨越崇山峻岭,到北京来投考著名的北大英文系。他曾接受过胡适的面试,但胡适嫌他英语口语不好,有很重的山城口音,没有录取他。他一气之下,就在北大西斋附近租了一间公寓,坚持在北大旁听,当了四年北京大学英文系的自由旁听生。他告诉我当年北大的课随便听,他只听陈西滢和温源宁的课,虽然对面教室鲁迅的讲堂人山人海,他也从不过问。

他不缺钱。祖父是贵阳山城颇有名气的富绅兼文化人,写得一手好字,收了好些学生。据说他痛恨自己的先人曾是贩卖鸦片的巨商,立志改换门庭,除一个儿子继续经商外,将其余四个儿子都先后送到北京。后来,一个成了清华大学首批留美学生之一，学化学；一个送到德国，学地质，后来多年担任北大地质地理系系主任；还有一个学医，是抗战时期的贵州名医；只有父亲学文，颇有游手好闲之嫌。但父亲并不是一个纨绔之人。记得1976年他和我曾到天安门东侧的劳动人民文化宫，去向周恩来总理的遗体告别，他一再和我谈起1925年，他到天安门西侧的中山公园悼念孙中山，并步行送孙总理遗体上碧云寺的情景。他对两位总理都深怀敬意，曾对相隔五十余年的东侧、西侧两次悼念不胜唏嘘。但他却始终讨厌政治，只喜欢读济慈、华兹华斯的诗。

1927年，他"学成"还乡。同学中有人劝他去南京，有人劝他去武汉，他都不听，一心要回家乡，建立小家庭，享人间温暖，尽山林之乐。据他说，途经九江时，曾遇到一位革命党人，好意劝他参加革命，不想他游庐山归来，这位革命党人已经被抓进监狱，这更使他感到政治斗争的残酷，而更坚定了"躲进小楼成一统，管他冬夏与春秋"的决心。

回到贵阳，父亲很是风光了一阵。他穿洋装，教洋文，手提文明棍；拉提琴，办舞会，还在报上骂军阀，都是开风气之先。他又喜欢和教堂的神父、牧师交往，练练口语、换换邮票、看看杂志、喝喝咖啡之类。"文化大革命"期间，他为此吃了很大苦头，有人说他是什么英国特务的高级联络员，经过多次"触及灵魂的批斗"，后来也就不了了之。

父亲当年回乡最得意之事就是娶了比他年轻十多岁的我母亲，她是当年女子师范艺术系的系花，从此筑成了他多少年来朝夕梦想的温馨小家。祖父去世后，五兄弟分家，父亲放弃了其他一切，只要了祖父晚年刻意经营的小小后花园。我记得当时的"乐家大院"是一座很长的大建筑，横穿两条街：大门开在普定街，后花园出口是毓秀里。房屋有五进，第一进是办公待客的地方，第二进是祖父的书房，这两处后来被改建为伯父的临街诊所。第三进是祖父原来的起居室，祖父去世后，屋内设有乐氏祖宗的牌位，由祖父的姨太太掌管，每天按时进香、敲磬、祭祀。第五进是一些无人居住的旧房，穿过这些荒凉地带就是后花园。

花园里原有一座带飞檐的旧楼，挂着"湘雪堂"的牌匾，有许多玉兰花、紫荆花和古老的银杏树，还有一口养金鱼的大石缸。父亲对这个花园进行了彻底改造，他买来许多介绍外国建筑和室内装饰的杂志，自己设计了一幢美丽的小洋楼。那还是二十世纪三十年代初期，在贵阳确是绝无仅有。父亲对自己的杰作满意极了！他常常举行周末家庭舞会，宾客云集，华尔兹、狐步舞、探戈都从这里传播开去。他们在里屋舞兴正酣，我们几个小孩则在外屋把准备好的糖果点心吃个够!

这是父亲一生中最快乐的几年。可惜好景不长,政府决定要新修一条马路,通过毓秀里,直达体育场。后来父亲告诉我,曾有人来联系他,说是只要自愿出一点"捐赠",马路就可以绕开一些,不一定从父亲的花园穿过。父亲认为如此公然让他行贿,简直是奇耻大辱,不仅拒绝,还把来人大骂了一顿。据说原来计划修的马路并非像后来那样,就是因为父亲坚决拒绝行贿,惹恼了父母官,一条大路硬是从我们的花园中央蛮横地穿了过去。花园中的这个厅、那个楼,当然全都拆得七零八落,林木花草更是一片凋零。父亲已不再有钱将破损的花园修复,只好将房子和地皮都交给当时正在发展的"信谊药房"经营,相约八年内由他们使用,八年后他们占有一半,交还父亲一半。父亲的洋房、洋梦、洋生活就此结束,留下的是他对政府官员的痛恨。记得那时我们每年必须亲自到官府去交"地价税",父亲说这是他最难以忍受的苦痛,让我替他去。我那时还没有柜台高,什么也弄不清,常被大小官员们呼来喝去,每次都是气冲冲地返回家。父亲总是安慰我说:"你就当去一次动物园吧,狮子老虎对你吼,你也要对他们吼吗?"

卢沟桥事变之后,贵阳这座山城陡然热闹起来,市街摆满了地摊,出售逃难来的"下江人"的各式衣服杂物；油炸豆腐、江苏香干、糖炒栗子、五香牛肉的叫卖声此起彼落。一到傍晚，人群熙熙攘攘，电石灯跳动着小小的蓝火苗，发出难闻的臭味。我却喜欢和母亲一边在闹市中穿行，一边吃个不停。可惜好景不长，大约是1939年末，下达了学校疏散的命令，父亲所在的贵阳一中奉命迁到离市区十余里的农村——乌当。他们先是在一个大庙里上课，后来又修建了一些简陋的草房；教员则挤在租来的民房里。父亲仍不改他的浪漫情怀，别出心裁地租了一座农民储粮的仓库，独门独户，背靠小山，地基很高，面向一片开阔的打谷场。

我们一家四口（还有两岁的弟弟）就在这个谷仓里住了差不多一年。尽管外面兵荒马乱，我们还可以沉浸在父亲极力营造的一片浪漫温情之中。例如我们常常去那座小山的山顶上野餐，欣赏夕阳。这时候，我和弟弟在草地上打滚、摘野花，有时也摘一种野生的红荚黑豆和大把的蒲草，母亲会将它们编成一把笤帚扫床。母亲还教我们用棕榈叶和青藤编织小篮儿，装上黄色的蒲公英花和蓝色的铃铛花，非常美丽。这时候，父亲常常独自引吭高歌，他最爱唱的就是那首英文歌《蓝色的天堂》："Just Molly and me, and baby makes three, we are happy in my blue heaven!" 有时我们也一起唱："家，家，甜蜜的家！虽然没有好花园，春兰秋桂常飘香，虽然没有大厅堂，冬天温暖夏天凉……"父亲有时还唱一些古古怪怪的曲子，我至今还清楚地记得其中一首歌词是这样："我们永远相爱，天老地荒不分开，我们坚固的情爱，海枯石烂也不会坏；你看那草儿青青，你看那月儿明明，那便是我们俩，纯洁的真的爱情。"我至今不知此是中国歌还是西洋歌，是流行歌曲还是他自己创作的歌曲。

中学教师的薪水不多，但乡下物价便宜，生活过得不错，常常可以吃到新鲜蔬菜和猪肉。每逢到三里外的小镇去赶集买菜，就是我最喜欢的日子。挂在苗族等少数民族项链上琳琅满目的小铃铛、小饰物，鲜艳夺目的苗族花边和绣品，还有那些十分漂亮、刻着古怪图案、又宽又薄的苗族银戒指，更是令人生出许多离奇的幻想。唯一令人遗憾的，是没有好点心可吃。于是母亲用洋油桶做了一个简易烤箱，按书上的配方做蛋糕和饼干。开始时，蛋糕发绿，饼干一股涩味，后来一切正常，由于加了更多的作料，比城里点心店卖的还要好吃。父母常以《浮生六记》中的男女主人公自况，《闲情记趣》一章也就成了我的启蒙读物。那时候，生活真的好像一首美丽恬静的牧歌。然而，经过多年之后，回想起来，倒也不尽然。

我们住家附近没有小学，父母就自己教我念书。父亲教英语、算术，母亲教语文和写字。母亲是一个追求独立、酷爱自由的女性。据我后来的观察，她与父亲的结合多少有一些"不得不如此"的苦衷。她内心深处总以靠父亲生活不能自立为耻。对于父亲的种种"罗曼蒂克"，她也不过勉强"紧跟"而已，并非出自内心的追求。从我很小的时候起，母亲总是教我要自立自强，并让我懂得依靠别人是非常痛苦的事。母亲很少教我背诗，却教我许多易懂的散曲，其内容则多半是悲叹人生短暂、世事无常。那首"碧云天，黄花地，西风紧，北雁南飞。晓来谁染霜林醉？总是离人泪"，母亲最喜欢，还亲自谱成曲，教我唱。我至今会背的，还有"晓来清镜添白雪，上床与鞋履相别""人生有限杯，几个登高节"等。从后来的许多事实来看，这些都体现出母亲内心深处的一些隐痛。其实，所谓牧歌云云，也不过是自己给自己营造的一种假象。当时，抗日运动在高涨，学校也来了许多"下江"学生和先生。他们教大家唱抗日歌曲，诸如"大刀，向鬼子们的头上砍去""工农兵学商，一起来救亡"之类，我都是当时学会的。

我印象特别深的是有一位美术老师，我至今还记得他的名字叫吴夔。我所以记得这个名字是因为夔字太难写，母亲教我写了很多遍。他教学生用当地出产的白黏土做各种小巧的坛坛罐罐，然后用一个铜钱在上面来回蹭，白黏土上就染上一层淡淡的美丽的绿色痕迹。他又教学生用木头雕刻简单的版画，我记得刻的大都是肌肉隆起的臂膀，还有喊叫的张开的大嘴。版画上大都刻着抗日的大字标语。学生们都很喜欢他，特别是我的小姨，母亲唯一的妹妹，当时也是贵阳一中的学生。父母在乡间很少招待客人，这位吴先生却是例外，记得他来过好几次，和父母谈得很高兴。后来，到了大清洗的那一天。在一个漆黑的夜晚，吴先生和两个学生被抓走了，警车呼啸着，穿过我们窗前的小路。不久，传来消息，说吴先生一抓到城里就被枪毙了，因为他是共产党员！接着又有一些学生失踪了。母亲把小姨囚禁在家，也不让她上学，她大哭大闹要和同学一起去延安。就在这个夏天，父亲被解聘，失了业，罪名是与共党分子往来。幸而他们并未搜出学生们藏在我家天花板上的文件，否则就不只是解聘了。那是1941年，我十岁。

我们一家恓惶地回到了贵阳。原来的房子已租给别人，我们无处可去，只好挤进"老公馆"。所谓"老公馆"，就是前面说的由祖父的姨太太掌管的一进五间留作祭祀用的公房。父亲失业，坐吃山空。我们真是过了一段非常穷困的日子。我常陪母亲到贵阳专门收购破烂的金沙坡去卖东西。几乎所有能卖的东西都卖光了。记得有一次，母亲把父亲过去照相用作底片的玻璃片洗得干干净净，一扎扎捆得整整齐齐，装了一篮子，拿到金沙坡旧货市场去卖，但人家不愿买，说了很多好话才卖了五毛钱。母亲和我真是一路滴着眼泪回家。更难堪的是，当时已是贵阳名医的伯父，事业非常发达。他的私人医院占据了大部分老宅，而且修缮一新。许多权贵都来和他结交。就在同一院内，他们家天天灯火辉煌、宾客盈门。我的六个堂兄弟都穿着时髦，请了家庭教师每天来补习功课。我常和他们一起在院子里玩，每到下午三点，就是他们的母亲给他们分发糖果点心的时候。这时，我们的母亲总是紧关房门，把我和弟弟死死地关在屋里。在这一段时间里，父亲很颓丧，母亲和我却更坚定了奋发图强、将来出人头地的决心。

生活的转机有时真是来得好奇怪！父亲偶然碰到了一个北京大学的老同学，他正在为刚成立不久的贵州大学招兵买马，一谈之下，父亲当即被聘为贵州大学英文系讲师，事情就是这么简单！我们一家高高兴兴地搬到了贵州大学的所在地花溪。说起花溪，也真是有缘分。这是一个非常、非常美丽的小镇，一湾翠色的清溪在碧绿的田野间缓缓流淌，四周青山环绕，处处绿树丛生，离贵阳市中心四十多里地，但多少年来，这块宝地却不为人知。大约还在抗日战争爆发前三四年，喜爱爬山越野的父亲就发现了这一片世外桃源。那时这里还只是一片少数民族"仲家人"聚居的荒山僻野。如果你不能步行四十里，你就绝无可能亲自领略这一派人间仙境。父亲一心向往西方的生活方式，也想在城外拥有一幢幽静的别墅。他花了很少一点钱在花溪（当时的名称是"花仡佬"）买了一小片地，就地取材，依山傍水，用青石和松木在高高的石基上修建了一座长三间的房子，前面有宽宽的阳台，两边有小小的耳房，走下七层台阶，是一片宽阔的草地，周围镶着石板小路，路和草地之间，是一圈色彩鲜艳的蝴蝶花和落地梅。跨过草地，是一道矮矮的石墙，墙外是一片菜地，然后是篱笆。篱笆外便是那条清澈的小溪了，它是大花溪河的一道小小的支流，把大河里的水引向脚下一大片良田。草地的左边是一座未开发的、荒草与石头交错的小山。最好玩的是在篱笆与小山接界之处，却是一间木结构的小小的厕所，厕所前面有一块光滑洁净的大白石。后来，我常常坐在这块大白石上，用上厕所作掩护，读父母不愿意我读的《江湖奇侠传》和张恨水的言情小说。可惜路途遥远，交通不便，抗战前我和母亲只去过一次，是乘轿子去的。那次是新屋建成，父亲大宴宾客，游山玩水，唱歌跳舞，又是听音乐，又是野餐，很是热闹地过了好几天。平时，只有父亲常去，他喜欢步行，认为那是一种很好的运动。

　　这次重返花溪的机缘简直使父亲欣喜若狂。虽然他的别墅离贵州大学足有十里之遥，他也宁可每天步行上课，而不愿住进大学的教师宿舍。后来他几乎为此付出了生命作为代价。他和母亲在这里一住就是三十年。五十年代,当我和弟弟都在北京念书时,他忽然得了脑血栓,昏迷不醒。那幢别墅修建在一座小山的半山腰,离镇上的小医院还有十多里路,既没有车,也没有电话,一时间更叫不来帮手。母亲怎么把父亲弄到医院,父亲又怎么能全无后遗症地恢复了健康,对我们来说,这始终是一个不可思议的谜!

我快乐地在花溪度过了我的初中时代。母亲因为在我就读的贵阳女中找到了一份教书的工作,心情比过去好多了。她教授的课程是美术和劳作。她教我们用白黏土做小器皿,并用铜板磨上淡淡的绿色痕迹。我知道这是为了纪念那位被枪杀的年轻美术教师吴夔。母亲还教我们用粗毛线在麻布上绣十字花,她也教我们铅笔画、水彩画、写生和素描。总之,她的教法是相当新潮的。她非常爱艺术,也爱她的学生。总之,我们在花溪的生活又恢复到过去的情调——在小溪边野餐、看日落、爬山、做点心、赶集,只是这里的集市要比乌当的大得多了,父亲又开始快乐地唱起他那些永远唱不完的老歌。

# 母亲的胆识

母亲十四岁失去父母,独自支撑着并不富裕的家业。她竭尽家资,让比她年长四岁的姐姐去北京求学,希冀姐姐学成后再支援自己和妹妹深造。殊不知几年后,姐姐大学毕业,一去无音讯,再也联系不上。母亲只好嫁给比她大十多岁的父亲,条件是支持她离开封闭的山城,到"下江"(指长江下游发达地区)求学。父亲果然实践了自己的诺言,带母亲到杭州艺术专科学校正式入学,让母亲如愿以偿。可惜好景不长,母亲不情愿地怀上了我,只好返回家乡。我始终愧疚自己成了阻断母亲求学意志的罪魁祸首。后来,就凭这一点艺专的基础,她多年在一个女子中学担任美术和劳作教师,教女孩子们画画、编织、刺绣、做泥塑。父亲多次逼她放弃,说不需她赚钱,只需她管孩子、做家务。但母亲始终坚持，她屡屡教导我要有独立的人格、独立的追求、独立的事业，尤其是女人，必须独立，才能有尊严。

1948年，我同时考上了北京大学和南京中央大学，父亲坚持让我选择后者，说是将来即便以长江为界，南北分治，我也可随时回贵阳老家。但我满心想的都是飞出山城，北上革命。母亲支持了我，对父亲只说是去南京，但默许我一到武汉就去寻找北京大学新生接待站。我揣了家里仅有的几个银圆，坐上开往柳州的汽车，换乘湘桂黔铁路（桂黔段尚未建成）。人们都指责母亲，不该让我一个十七八岁的女孩子孤身出门乱闯，但母亲对我有足够的信心。如果不是母亲的胆识，我整个的生命故事就将全部改写。

新中国成立前夕，我在北平的确经历了一段相当艰苦的生活。围城期间，金圆券贬值，物价飞涨。北京大学一年级学生自治会为了保障大家在围城期间的生活，创建了一个"面粉银行"，组织同学把手边的钱都买成面粉，集体保管，随时存取。我当时只有够吃饭的"公费"（每餐只够吃高粱米饭和酱油煮黄豆），此外真称得上身无分文。当时的北平与我的家乡已很难联系上，母亲对我十分牵挂，竟然想出了一个非常聪明的办法。她不知道怎么在贵阳找到一个卖猪肉的老板，他有一个哥哥——在北平也卖猪肉。她给了贵阳的猪肉老板六十斤猪肉的钱，让他的哥哥即北平的猪肉老板转手付给我六十斤猪肉的钱！此事竟大获成功。由于母亲的智慧，我居然在自治会的"面粉银行"里也有了属于自己的两袋面粉。

新中国成立后，中学美术劳作课全部取消，母亲失业。她本可在家歇息，却立即开始了寻求适应新社会的独立之路。当时大学、中学一律开设俄语课程，最紧缺的就是俄语教师。年近半百的母亲竟然下定决心学习俄语，从字母学起！她报名参加了贵州广播电台举办的俄语教学班，苦学两年，通过了各个层次的考试，终于拿到了俄语初级教师合格的文凭。此后她多年在贵州农学院教大一俄语，由于她的勤奋和钻研，一直得到学生好评。

就这样，十年如一日，父母都到了退休年龄。那时，我在北大，弟弟在清华，妹妹在北京铁道科学院。母亲以极大的毅力，处理了老家的各种事务，迁居到北京，在北大与清华之间被称为"成府"的旧居民区的一条小街——槐树街，买了一个小小的四合院。地方虽小，母亲却着意经营，在院子里种了一棵梨树、一棵桃树、一架葡萄，还有遍地的太阳花。我们常带着孩子回家，从来没有看见母亲这样高兴！她认为经过多年离散，现在总算圆满团聚了！可惜这样的快乐日子不过持续了短短两三年！

北大、清华的"文化大革命"把母亲吓得目瞪口呆！几乎天天有批斗黑帮的游行队伍从家门前走过，不懂事的、在街道上游荡的孩子们不断向他们扔石子、吐口水；著名学术权威翦伯赞被驱逐到成府小街的一间破民房内，孩子们不时给他们在路边煮饭的煤球炉子浇水，让他们吃不成饭！翦师母常常出来央求孩子们不要浇水，让他们煮一顿饭！整个北大、清华附近处处是不绝于耳的武斗之声！母亲知道我和她一向看重、宠爱的女婿就在这被"游斗"的行列中！她完全不能理解这一切，但谁又能给她解释呢？她能想到的只是给我们做一点好吃的菜，我每天劳动后可顺路带回我自己的家。

武斗越来越激烈了！我们所住的燕南园位于学生区中心，学生住的大楼顶上都有用自行车内胎制造的强力弹弓，学生区内常常是砖头横飞，当一个路过的孩子误被砖头砸死后，我终于决定不能让我的九岁和十三岁的孩子再住在这个区域了！他们到处乱跑，还"誓死"支持两派中的一派，帮他们爬树摘另一派的高音喇叭，分发传单、报纸等宣传品。母亲知道后，立即将他们关进了自己的小四合院，不许再出来。可惜只住了两天，第三天，街道革委会就找上了门，指责母亲留住"黑帮子女"而不报告。母亲气极声辩，但哪里有理可说？最后街道革委会撂下话：如果要留住，就必须给两个孩子挂上"黑帮崽子"的牌子，以示分清"革命"和"反革命"的界限！母亲尽管有胆有识，却从未经历过这样残酷无情、无理可讲的场景！顿时气得脸色煞白，说不出话！她当然不会让两个钟爱的外孙忍受这样的屈辱！在清华教书的弟弟让我当夜就在大雨中把孩子接走。

第二天，母亲头痛剧烈发作，送到海淀医院。医院一片混乱。医生都或在挨斗，或在打扫厕所，当权管事的是"革命派医护人员"！他们下令给母亲抽脊髓化验，但母亲的病本来是一般性脑血管瘤，抽脊髓必然引起大出血，这是常识！母亲顿时昏迷，再也没有醒过来！我和弟弟在母亲的病房外守了一夜。半夜时分，弟弟号啕大哭，我紧握他的手，无话可说。我知道他的悲痛不只是为母亲，也是为这不可理解的社会、不可预知的未来和一切美好的梦的破灭！

黎明，我和弟弟将母亲送上八宝山平民火化场。那里的景象触目惊心！许多尸体横七竖八地摆放着，等待火化，男女老少都有，好些是满身血迹，大约都是被打死的"牛鬼蛇神"，还有不少十七八岁的孩子，他们是"黑帮崽子"或两派打仗牺牲的无辜生命！这些尸体本应在黎明前处理完毕，但时间不够，只好摆放在那里。

我和弟弟好不容易逃出了这个人间地狱。我们抱着母亲的骨灰盒回家，将它安置在小四合院的正房，放上母亲的照片，没有鲜花，没有悼唁！奋斗终生、有胆有识的母亲就此长眠，享年五十六岁。

# 伯父的遗憾

我从燕南园小斜坡下来,从文史楼经过地学楼去中关园。远远看到路边一群红卫兵在围斗一个什么人,这在"文化大革命"中是常见的风景,并不以为奇。正想离开,忽然听到红卫兵高喊:"打倒反动权威乐森璕!""乐森璕不投降就叫他灭亡!"乐森璕是我的伯父,他是古生物学家、地质学家,第一批学部委员,科学院院士。1924年毕业于北京大学,二十世纪三十年代在德国马堡大学师从著名古生物学家魏德肯教授。回国后,他创建并领导了贵州省的地质矿产勘测与研究。1953年,他在四川江油发现了三亿年前生长在我国远古时期的特殊古鱼类化石,经专家鉴定,命名为"乐氏江油鱼",并被列为当年地质考古界的重大发现,载入《中华人民共和国大事记》。1964年他的专著《珊瑚化石》出版,被认为代表了当时国内外研究的最新水平。同年，他担任了北京大学地质地理学系系主任。我这位伯父一向自命为纯粹的科学家，不问政治。目前，他以什么借口被围斗呢？

走近一看，一个红卫兵正指着我伯父说："叫你背毛主席语录，你一条也背不出，教授怎么当的？！算了，你就背一下伟大领袖毛主席的教育革命路线吧！这总该会吧！"伯父从来远离政治，没有任何"反动"关系，历史清白如水。造反派确实没有抓到他任何把柄，对他还算客气。伯父磨蹭了半天，终于嗫嚅出一句："我记得是劳动与生产相结合吧！"他的话引起红卫兵一阵哄然大笑。那位问话者指着他的鼻子说："亏你还是个大教授，连伟大领袖毛主席的教育革命路线都背不出！你要好好接受革命群众的再教育，好好竖起耳朵听着，伟大领袖毛主席的教育革命路线是：教育与生产劳动相结合。记住了吗？先连着背十遍，明天我们再来考你！"快到吃饭时间了，革命群众一哄而散。伯父踽踽独行，口中喃喃自语，也许还在背毛主席的教育革命路线吧！他孤单地走向回家的路，我远远地跟着他，心里感慨万千。那个昂首阔步、气宇轩昂、震动了世界古生物学界的中国科学家，那个心怀祖国、跋涉于贵州千山万水之间的探索者早已不复存在了。

其实，对伯父打击最大的还不是这些零零碎碎的折磨，而是我伯妈的去世。很不幸，"文化大革命"一开始，伯父家里能干的保姆就成了全北大保姆革命造反派的总头目。她的第一个革命行动就是把"剥削压迫"工人的女主人揪出来批斗，"算剥削账"。伯妈文化水平不高，平常只读张恨水的《啼笑因缘》和《金粉世家》之类，从来不问世事，哪里见过批斗会这样的阵仗！本来伯妈就有高血压，三斗两斗，很快她就离开了人世。这帮革命造反保姆很是厉害，她们遍历校内八大园，找那些教授夫人算剥削账。因为燕南园57号冯友兰先生的夫人任载坤是北大妇女会主席，也成了她们的重点斗争对象，我婆婆曾担任过妇女会副会长，也被揪出来陪斗过几次，幸亏她人缘好，大家也没有太难为她。

伯妈去世后，伯父非常孤单。他曾要我替他办过一件事：他在医院认识了一个信奉基督教的心地善良的单身护士长，两人情投意合，差不多已到了谈婚论嫁的地步，但他的三个女儿不同意，说此人来路不明，又信教，谁知道会不会里通外国？

后来伯父托我趁去上海开会之便看看他的这个老朋友。我深知此行任务重大，甚至可能影响到伯父整个后半生！一到上海就按伯父给的地址找到了乌鲁木齐路。这显然是一座虽然破烂不堪却曾经华丽过的楼房，上下二十多间，被政府分给了二十多家互不相识的住户。护士长住在一间又冷又湿又小的偏房里。她略带歉意地说自己是这座房屋唯一的继承人,却无力管理和修缮。她那教会学校式的明净优雅的姿态和谈吐与周围的肮脏杂乱形成了鲜明的对照。提起伯父,她大方而诚实,甚至直率地说,伯父希望她这次就和我一起回北京。这可超出了我原来的任务,不知伯父是否真做了这样的决定。只好世故地应答说,等北京那边布置好了,我再回来接她。她天真地相信我说的一切,兴高采烈地将我送了好远!

原来我离开北京后,伯父和护士长通电话有了新的考量,决定让护士长和我一起立即来京,也许就"快刀斩乱麻,把事情办了",遗憾的是伯父竟无法联系上我!我终于没有为伯父办好这件事。后来听说三个堂姐妹坚决反对,伯父家为了这件事闹得天翻地覆,伯父得了一场重病,一直没有痊愈。他在医院里度过了孤独寂寞的最后岁月,只有保姆徐阿姨始终守候在他身边。就这样,伯父结束了他成就辉煌却也不无遗憾的一生。

# 我的初中国文老师

抗战初期,我在从贵阳疏散到花溪的贵阳女中念完了三年初中。这个刚从城里迁来的学校集中了一批相当优秀的师资。我最喜欢的一门课是国文。老师是刚从北方逃难南来的一位"下江人"。我还清楚地记得她的名字叫朱桐仙。她也不愿住在学校附近,却在我们家那座小山上,比我们家更高一些的地方,租了两间农民的房子。她单身一人,家中却很热闹,常有许多年轻的来访者。母亲不大喜欢她,常在背后指责她走起路来扭得太厉害,有卖弄风情之嫌。

朱老师很少照本宣科,总是在教完应学的字词、造句和课文之后,就给我们讲小说。一本英国托马斯·哈代的《德伯家的苔丝》,讲了整整一学期。那时我们就知道她的丈夫是一个著名的翻译家,当时还在上海,《德伯家的苔丝》正是他的最新译作。朱老师讲故事时,每次都要强调这部新译比旧译的《黛丝姑娘》好太多,虽然她明知我们根本听不懂翻译好在哪里。在这三年的国文课上,我们还听了《微贱的裘德》(现多译为《无名的裘德》)、《还乡》《三剑客》《简·爱》等。这些美丽的故事深深地吸引了我,几乎每天我都渴望着上国文课。

初中三年,我们每学期都有国文比赛,每次我都是尽心竭力,往往几夜睡不好觉,总得到老师的青睐。然而,不管我如何奋斗,我从来就只是第二、三名,第一名永远属于老师的宠儿"下江人"葛美。她穿着入时,皮肤白皙,两只大眼睛清澈明亮。我对她只觉高不可攀,似乎连忌妒都不配。她也一向只和"下江人"说话,从来不理我们这些乡巴佬。

我们的国文课越上越红火了。大约在二年级时,朱老师在我们班组织了一个学生剧团,第一次上演的节目就是大型话剧《雷雨》。我连做梦都想扮演四凤或繁漪,然而老师却派定我去演鲁大海。我觉得鲁大海乏味极了,心里老在想着繁漪和大少爷闹鬼,以及二少爷对四凤讲的那些美丽的台词。由于演出相当成功,朱老师甚至决定自己来创作一出歌剧。她终于和一位姓李的贵州农学院的讲师合作,写出了她认为是中国"第一部可以称为歌剧的歌剧"。在他们合作的过程中,李先生几乎每天都来朱老师家，他俩为艺术献身的精神着实令人钦佩。李先生会拉手风琴、会弹钢琴，朱老师构思情节并写歌词。他们常常工作到深夜，于是，人们开始窃窃私语。每逢李老师路过我家门口，母亲总是对父亲悄然一笑。有一次母亲还一直熬到深夜，就为看看李先生究竟回家没有，我也使劲撑着眼皮，但很快就睡着了，到底不知结果如何。

不管怎样，歌剧终于完成，并开始了大张旗鼓的排练。朱老师要求全班都要学会唱歌剧中所有的歌，我们大家每天都得练到天黑才能回家，这些歌也都深深刻进了我们童年的记忆。记得演出时，帷幕一拉开，就是伯爵登场，他轻快地唱道："时近黄昏，晚风阵阵，百鸟快归林。荷枪实弹，悄悄静静，沿着山径慢慢行……"他随即开枪，向飞鸟射击。一只受伤的小鸟恰好落在树林深处伯爵夫人的怀里，于是她唱起了凄凉的挽歌："鸽子呀，你栖息在幽静的山林，你整天在天空飞翔，从东到西，从南到北，没有一点儿阻挡；鸽子呀，你哪知凭空遭祸殃，可怜你竟和我一样，全身战栗，遍体鳞伤，失去自由无力反抗……"正在此时，一位流浪诗人恰好走来，他唱着："异国里飘零，流亡线上辛酸，这生活的滋味像烙印般刻在我心上。每日里，痛苦鞭打着我，我饱受人间的冷眼讽言。我只能忍气吞声，我只能到处飘零。如今，我不知向何处寻求寄托，向何处飘零？"当然，两个不幸的人立刻同病相怜，随即坠入情网。后来，当然是伯爵一枪将诗人打死，伯爵夫人也跟着自杀身亡。

当时，这出"千古悲剧"真使我们心醉神迷！虽然所有角色照例都属于漂亮入时的"下江人"，但我们对于分配给我们的任务却十分尽职尽责。记得我当时负责管道具，为了打扮那位伯爵夫人，我把我母亲结婚时用的银色高跟鞋和胸罩（当时一般女人不用胸罩）都背着母亲翻了出来。

演出当然非常成功。露天舞台设在高高的土台上，后面是一片幽深的松林，当年轻美丽的伯爵夫人穿着一身白纱裙（蚊帐缝的）、头上戴着花冠从松林深处幽幽地走向前台时，大家都不由自主地屏住了呼吸。

我就是这样爱上了文学，爱上了戏剧。

# 故乡的月

无论在什么情况下,中国古人对大自然都充满热爱。他们生活在大自然的山水之中,与大自然合为一体。中国许多典籍都强调人是大自然的一部分。道家强调"万物一体",他们认为万物的本原都是一样的,只是形态有所不同。因此庄子强调"万物与我为一"。儒家朱熹认为,"人"只是天地万物中的一例,如果认识到这一点,和山水林木一样,顺应自然,就会无所窒碍,胸中泰然。他有一首著名的诗这样写道:"昨夜扁舟雨一蓑,满江风浪夜如何?今朝试卷孤篷看,依旧青山绿树多。"这首诗隐喻着人和自然一样,也会有风雨满江的时候,如果把自己和自然视为一体,风雨过后就会仍然如青山绿水,美好永恒。朱熹说:"天即人,人即天。人之始生,得于天也。既生此人,则天又在人矣。"这里可以明显地看到中国人所说的"天"或"天地",指的就是大自然。

从这种与自然万物一体的观念出发,中国古人多认为人与天地自然之间有一种神秘的感应,天象变化总是预示着人间祸福。一颗流星的陨落预告着一个伟大人物的逝去;彗星的出现说明天下即将大乱。从另一个方向来看,君主多行不义,倒行逆施,就会破坏风调雨顺;儿女对父母不孝,也会引来天打雷劈。至今还有许多老百姓对此深信不疑。例如1976年,中国出现了陨石雨、扫帚星(彗星)、唐山大地震,许多人都相信这是上天垂象,预示着毛泽东、周恩来、朱德三大伟人在同一年的陨落。

年幼时,在故乡,我还有过一次救月亮的经历,这次经历给我留下了毕生难忘的记忆。中国人对月亮总是怀着深深的、诗意的崇拜。每年八月中秋是月亮的节日,每一家都要祭祀月神,用鲜花和刚成熟的鲜果——艳红的石榴、浅黄的梨、碧绿的莲蓬,还有一大盘带子的、金黄色的向日葵。每年母亲都要在花园里摆上一张高茶几,摆满好吃的供品,当然不会少了那只可爱的泥塑的"兔儿爷"(它代表住在月亮上的玉兔)。这时,母亲总会让我燃一炷香,祈求月亮里的仙女嫦娥为我的健康、美丽而祝福。那年我才五岁,正值中秋佳节前后,我的家乡贵阳可以看到月全食。我和大家一样，都相信月食就是月亮受难，如果没有人帮助，美丽的月亮就会被"天狗"吞没。为了救月亮，大家都不肯睡觉，一直等到深夜，月亮从天狗的口中逃出。记得那天，碧蓝幽深的晴空，星星很少，满月优柔地在空中漫步。突然，皓月明显地被吃掉了一块，千家万户的锣声震耳欲聋地响起来。我当时很害怕，拼命敲锣，真的相信可怜的月亮正在被"天狗"吞噬，要依靠我们大家伸出救助的手。但那"天狗"仿佛并不理会人间的抗议，终于将月亮全部吞没，周围漆黑一片。这时锣声更响了，我吓得大哭起来。奇怪的是随着哭声和呜呜的驱"狗"声，"天狗"竟慢慢地把月亮吐了出来，月亮上的黑影越来越小，终至踪影全无。我压不住心中的狂喜，和大家一起手舞足蹈。全城响起了清脆的鞭炮声，此起彼伏，直到深夜。为这件事，我久久地感到骄傲和自豪——不管怎样，为救月亮，我也出了力。

由于中国人深深相信人与自然本属一体，因此，其创世神话也与其他民族颇不相同。许多民族的创世神话都传说人是由某位上帝或天神所创造，但中国流传得最广的创世神话却是"盘古开天地"。这个神话说，宇宙之初，原是一片混沌，盘古在天地之间，与天地一起生长。盘古长大后，一手撑天，两足踏地，分开了天地。盘古太劳累了，终于死去。他死后，骨骼变为高山，血液化作江河，两眼化为日月，毛发化为草木，寄生在他身上的小虫迎风而长，化作人类。因此人与自然本属一体，中国传统文化无论是儒家还是道家，都很少把人类看作宇宙万物的征服者或统治者，他们认为人是世界万物中的一员，没有权力为自己的利益对其他生物加以改变或伤害。庄子说："圣人处物不伤物。不伤物者，物亦不能伤也。"庄子特别强调不能以自己的模式来理解他物，更不能把同一模式强加于他物。他说过一个著名的寓言，讲的是："南海之帝为儵，北海之帝为忽，中央之帝为浑沌。儵与忽时相与遇于浑沌之地，浑沌待之甚善。儵与忽谋报浑沌之德，曰：'人皆有七窍以视、听、食、息，此独无有，尝试凿之。'日凿一窍，七日而浑沌死。"按照某种千篇一律的模式来改造自然，其结果只能是自然的死亡。所以，在大自然中，"长者不为有余，短者不为不足。是故凫胫虽短，续之则忧；鹤胫虽长，断之则悲"。如果能像自然万物一样，尊重差异，一切听其自然，那就会与世无争，得到最大的幸福。

# 我从小就喜欢面对群山

生在重峦叠嶂、群山环绕的山城,我从小就喜欢静静地面对群山,特别是那座巍峨苍翠、蕴藉着贵州丛山之灵的黔灵山!就像我幼时已会背诵的李白的诗:"众鸟高飞尽,孤云独去闲。相看两不厌,只有敬亭山。"缭绕着云雾的黔灵山就是我的"敬亭山"。我常常凝视着这一片苍蓝,心里想,这山后面是什么呢?母亲说,山后面还是山。那么,山后面的山后面呢?后来,年龄稍长,我才领悟到,其实中国人心目中的山是没有尽头的。它象征着人的眼界和思想境界的不断提升。《孟子·尽心上》曾记载"孔子登东山而小鲁,登泰山而小天下"。孔子是鲁国人,他曾经登上鲁国的东山,从山顶俯视人寰,这才发现鲁国原来也不是那么大。后来,孔子登上了更高的泰山,就更感到自己所能看到和所能知道的天下，原来竟如此渺小！山外有山，天外有天，人们应不断突破自己的局限，扩大自己的视野。孔子死后一千多年，中国最著名的诗人之一杜甫（712—770）步孔子的后尘来到了泰山。当时他还很年轻，在泰山写下了不朽的名篇《望岳》，这首诗最后的两句是"会当凌绝顶，一览众山小"，如果你登上绝顶，就会感到足下的大山、小山原来都很渺小。又过了近千年，明代诗人杨继盛（1516—1555）追随杜甫的诗境，又来到了泰山。他写道："志欲小天下，特来登泰山。仰观绝顶上，犹有白云还。"他原想沿着孔子和杜甫的行踪，登上泰山的绝顶，一览显得渺小的群山。但他发现这样的登临是没有止境的，即便来到了"绝顶"，山顶之上也还有来往的白云。大自然是无法穷尽的。"登高望远"成了中国诗歌中一个很重要的母题，永远鼓舞人们站得更高、看得更远。在众多的这类诗歌中，最著名的一首是王之涣（688—742）的《登鹳雀楼》。鹳雀楼在山西蒲州的黄河高坡上，它面对巍峨的中条山，下临波涛汹涌的黄河。当诗人在一千多年前登临这座楼时，落日西下、黄河东流的宏伟气象尽收眼底，正是"白日依山尽，黄河入海流"，但诗人并不以此为满足，他渴望着更高的立足点、更开阔的视野。随之吟唱出被广泛引用的千古名句："欲穷千里目，更上一层楼。"这种以登高望远为主题的诗，在中国可以说不计其数。

那么,这种登高望远是不是真的没有尽头呢?人能够登到多高呢?庄子回答了这个问题。庄子认为人不能不受各方面的局限,首先是时间的局限,也就是生命世界的局限。例如朝生夕死的菌类,它们的生命只有一天,它们绝不可能知道月缺与月圆;春生夏死或夏生秋死的蝉类也不可能既看到秋天,又看到春天。庄子说楚国南部有一只灵龟,它以五百年为一春,五百年为一秋;上古时代有一棵大椿树,以八千年为一春,八千年为一秋。只能活百年的人类当然不能和它们同日而语。因此,燕雀之类的小鸟只能翱翔于蓬蒿之间。它们生命的时间决定了它们生命的空间只能非常狭小,而鲲鹏就比它们自由得多了——这种鹏鸟,脊背像泰山一样宽广,翅膀像天边的云,一飞就是九万里!更自由的是一位名叫列御寇的人,他连翅膀也不需要,只要乘着风,就可以随意到任何地方去。但在庄子看来,这还不够自由,列子毕竟还要依靠风和空气,只有他理想中的"至人",乘天地之正气,把握着"六气"(阴、阳、风、雨、晦、明)的变化,遨游于无穷之境,那才是得到了真正的自由。庄子理想中的"藐姑射之山"就住着很多这样的神人。他们"肌肤若冰雪,绰约若处子;不食五谷,吸风饮露;乘云气,御飞龙,而游乎四海之外"。

"藐姑射之山"是挣脱了时间与空间局限的神人的住所。庄子通过这样一层层比喻和剖析,就是要让人们明白,人在肉体上不能不受百年时间和一定空间的束缚,但只要能打开思想之门,超越利害、得失、成败、生死等各种界限,就能像姑射山上的神人一样,获得精神上的真正自由。

然而,能够打开思想之门、超越界限的人终究少而又少,几乎没有;因此,人们在登高望远之时,总是感到生命的有限和宇宙之无穷,而沉入一种宿命的悲哀。清代著名诗人沈德潜(1673—1769)说:"余于登高时,每有今古茫茫之感。"南朝梁诗人何逊(?—约518)有"青山不可上,一上一惆怅"的诗句;诗人李白(701—762)也说:"试登高而望远,痛切骨而伤心。"可见,在中国传统中,山总是和空间的辽阔、时间的永恒相联系的。

从童年开始,家乡的山就深深刻印在我心中,山之灵、山之性、山之美凝结成故乡的灵魂,撒播为故乡的山山水水,融汇在我的血液中,成为最深渺、最神秘的想象和思考的源泉。国画大师刘海粟谈及贵州山水在孕育着交响乐的情绪,当文化积累到高峰时期,一定要出震古烁今的大天才,来吟唱中华民族心灵深处的大悲欢!我对此深信不疑。

# 我心中的山水

我生在美丽的山城贵阳。在崇山峻岭之中,我的第一段记忆就源于从我家楼上的玻璃窗可以看见的苍蓝色的螺蛳山。从小我就知道这"螺蛳山"名称的由来,那是一个美丽而凄凉的故事。在我家那棵古老的银杏树下乘凉的时候,人们反复讲过这个故事。

从前,在平坦的盆地上有一家七姊妹,都是聪明美丽的姑娘。住在深山里的蛇公子仰慕她们的聪明美丽,就打发蜜蜂来做媒求婚。蜜蜂飞到这一家,对七个姑娘唱道:"嗡嗡嗡,嗡嗡嗡,蛇家请我做媒公!牛驮胭脂马驮粉,金银绫罗十二捆,问你张家大姐肯不肯?"大姐不肯,说爬山太苦。蜜蜂挨个儿往下问,二姐说山泉太凉,三姐说森林太黑,四姐说山石太陡峭,五姐说离家太远,六姐说蛇太可怕,她们一起把蜜蜂轰出门。但小七妹和她们不同，她自幼爱山，爱水，爱森林，爱峭石，爱山间的野花，爱林中的小动物……她高高兴兴地答应了蛇公子的求婚，和蜜蜂一起走进了深山。她来到密林深处辉煌壮丽的蛇公子的宫殿。蛇公子每天晚上变成英俊少年和小七妹在一起，他们生活得非常幸福。

　　日子久了，小七妹想念自己的亲人，希望和姐姐们一起分享自己的快乐。她请蜜蜂带队，给姐姐们送去了很多礼物，又请六位姐姐到深山的宫殿里来做客。姐姐们从未见过如此美丽的宫殿、如此富裕的生活。她们都非常后悔没有听蜜蜂的话，对小七妹十分嫉妒，并认为这一切本应属于她们自己。于是，她们想出一条毒计。她们一起到蛇公子面前，说他受了小七妹的欺骗。她们的妹妹原来就最恨山，最恨水，最恨树，最恨花草虫蛇，特别认为蛇是最阴毒的动物！这次，她邀请六个姐姐进山，目的就是要合力害死蛇公子，独占他的宫殿和财产。唯有她们六个姊妹与小七妹不同，她们六姊妹最爱山，最爱水，最爱树，最爱花草虫蛇，她们认为蛇是最美好的动物，她们决不肯将蛇杀害，因此，六个姊妹不顾手足情深，决定将小七妹的这个阴谋揭露出来。蛇公子一听大怒，立即将小七妹赶出家门。小七妹伤心极了！她不能理解这个世界为什么竟能如此颠倒黑白，亲姐姐为什么如此狠心，自己的丈夫为什么能如此无情？

她哭了又哭，从这个山头漂泊到另一个山头。有一天，她将头埋在手臂里痛哭，山神可怜她，就把她变成了一座美丽的山。我从玻璃窗看见的螺蛳山就是她高耸如螺的发髻，她的泪一滴一滴流在山石上，变成了盈盈的清泉，她的足边总是开满鲜花。山神又怕她感到寒冷，常常用白色的雾霭，轻纱一般围绕在她胸前。因此，我们看到的螺蛳山常常呈现一种特别的青黛色，比周围的青山更加苍蓝，围绕着山腰的雾霭也显得更加洁白。记得在我小时候母亲就教给我一首诗，其中有两句是："天女似怜山骨瘦，为缝雾縠作春衫。"

这个故事和这首诗在我的记忆中总是连接在一起，诗和故事都很美，然而，事实却是另一回事。由于贵阳地处盆地，从沼泽、山洼升起的湿雾很难越过高山向外消散。这种湿雾对健康有害，被当地人称为"瘴气"。长期以来，这块"瘴疫之地"一直人烟稀少，成为政府流放要犯的场所。后来在这里定居的汉族人越来越多，将原住这里的苗族同胞驱赶到更远、更深、更陡峭的深山老林。这些苗民为了纪念他们在被驱赶过程中死伤的同胞和曾经带领他们战斗的苗王，每年四月春暖花开时节，都要回到贵阳市中心，唱歌、跳舞，抒发心中的情思。这一民俗一直延续到今天，在我心中留下了深刻的印象。这些来自深山的苗族人总是激起我深深的好奇和遐想。他们生活在封闭的群山之中，依然保存着很多原来的习惯和风物。苗族妇女至今仍然梳着高高的螺髻，穿着自织的有精致花边褶的粗蓝布衣裙。苗族妇女的百褶裙十分宽大，皱褶很多，一直垂到足踝，走起路来，裙边随步态摆动，十分动人。

一到春天，苗族妇女就会将山里刚出芽的野菜，如蕺菜（当地人称为"折耳根"，即鱼腥草）的幼芽，还有气味很刺激的小野蒜（当地人称为"苦蒜"）背到城里来卖；随着秋天的到来，她们又会背来满背篓的"红子"（一种艳红的野果）、翠绿色的刺梨（现在已被开发为富含维生素的营养食品），还有用棕榈叶穿起来的、深红色的山楂果，一串串挂在胸前。她们走街串巷，叫卖这些从深山里采摘来的、大自然赐予的珍宝。卖了钱，就换盐和五颜六色的丝线。她们多半是一大早进城，黄昏时分便不见踪影。

有的城里人歧视她们，传说她们都会一种被称为"放蛊"的邪术。这种巫术是将蜈蚣、毒蛇、蝎子、红蜘蛛等七种剧毒的动物关在一个土罐里，让它们互相吞食，最后剩下一个最毒者。这个最毒者被用毒咒炼成粉，带在苗族妇女身边，这就是"蛊"。如果有人冒犯她们，她们就会念着特殊的咒语，将毒粉弹在那人身上，那人回家就一定得病。这当然只是传说，包含着对他种民族的轻慢，但苗族妇女也靠这个传说保护了自己。例如我就曾亲眼见过一群轻薄少年跟在一个苗族姑娘身后恶意地问："喂，你们为什么穿裙子？裙子里面穿着裤子吗？"苗族姑娘把手伸向衣袋，他们就全被吓跑了。他们相信苗族姑娘的衣袋里一定有"蛊"。我对这些深山里来的人从来就充满敬畏，觉得她们又神秘、又美丽，总是在心里把她们和那个在深山里漂泊的、被陷害的小七妹联系在一起。我就是在这样既神秘又美丽、充满着原始想象的氛围中长大的。

# 蜻　蜓

儿时我喜欢各种昆虫，铅笔盒里常会有几条肉虫，有时还用水彩涂上鲜艳的花纹，用来吓唬别人。记得有一次，我把一条深绿色、非常肉感的大豆虫放在年轻的女英语老师的讲义上，她吓得叽哇乱叫，引得全场哄堂大笑。我虽被罚站了半堂课，但心里仍然暗自得意。

我特别喜欢的是那些在小溪旁绕着两岸的刺梨花和金针花快乐地翻飞的蜻蜓。它们刚从在水面上跳来跳去的、有着很多只腿的褐色幼虫中脱颖而出，长出羽纱一样透明的薄薄的翅膀，颀长而柔软的肚腹，有红色、黄色，也有灰绿色的，两只硕大的黑色复眼占据了大半个头部，余下的就是一张弯弯的好像随时在微笑的大嘴。我尤其喜欢那种有着青翠色的肚腹，翅膀像黑天鹅绒一样柔美的小蜻蜓。它们和花草一起装点着流水潺潺的美丽的小溪。在我心中，蜻蜓永远和快乐、自由联系在一起。

后来，看了鲁迅的《伤逝》，美丽的蜻蜓在我心中完全改变了形象！主人公涓生和子君顽强地战斗过，也曾仗着资产阶级个性解放、自由平等之类的武器，并肩傲立于整个封建壁垒之前。然而，这一对曾经充满希望而由爱情结合的青年夫妻的新婚生活竟是如此黯淡，简直触目惊心！失业前，他们是"仅有一点小米维系残生"的"鸟贩子手里的禽鸟"，只能任人摆布；失业后，一并失去那"维系残生"的"小米"，"就如蜻蜓落在恶作剧的坏孩子的手里一般，被系着细线，尽情玩弄，虐待，虽然幸而没有送掉性命，结果也还是躺在地上，只争着一个迟早之间"。于是，蜻蜓的意象在我心中全然变色了。

记得二十世纪八十年代去巴黎开会，巧遇在巴黎《欧洲日报》担任记者的著名作家祖慰。关于我，他写了一篇《故土来的名家》。他曾写道："在巴黎，我听过她的演讲和她在朋友家中的敞开心扉的谈话，并阅读了她的一部分著作，这使我形成了这样奇特的意象链：蜻蜓→鸟贩子的笼鸟→'我就是我'。"他认为这根意象链，似乎在叙述着中国自二十世纪五十年代登台的一代知识分子悲欣交集的乌托邦精神史！他写道："大自然和书籍把她塑造成一个快活的、充满幻想的姑娘，像一部苏联电影中的女主角——'蜻蜓姑娘'。四十年代末，这位快乐的贵州蜻蜓姑娘唱着'解放区的天是明朗的天'

飞到了北大。1950年飞到布拉格参加第二届世界学生代表大会。在抗美援朝的热潮里,蜻蜓姑娘唱出了充满青春激情的战斗的诗《只要你号召》,获得了全国奖。可是后来,总是拿北大知识分子首先开刀的一系列阶级斗争使她这只率真自由的蜻蜓被政治的线拴住了。直到她和几位同事因筹办中文系的一本学术刊物而被加上'反对党的领导'的罪名,成了'极右分子',流放到农村劳改,完全成了鲁迅描写的'就如蜻蜓落在恶作剧的坏孩子的手里一般,被系着细线,尽情玩弄,虐待,虽然幸而没有送掉性命,结果也还是躺在地上,只争一个迟早之间'。"祖慰说:"看来蜻蜓姑娘被覆灭的命运注定是只争一个迟早之间了。然而,幸亏她拥有中国传统文化中'随遇而安、自得其乐'的苦闷稀释剂,没有自我毁灭。尤其幸运的是她被交到农村不识字的大娘大爷家里去监督劳动,纯朴的中国老农只凭着人性的直觉和良知去判断,把她当作好人和女儿呵护,才使她躲过了那场六十年代初的大饥荒的死劫。总之,蜻蜓没有死,非但没有死,而且历经苦难,化作了滋润大地的春雨!"

我始终怀念祖慰,虽然只是在巴黎萍水相逢,但他那双能识透人心的眼睛,他那善于理解和同情的襟怀使我至今难忘。相别近二十年,如今,他还在满世界漂泊,还是已回到自己的祖国?不管他在哪里,我都深深为他祝福。

# 小粉红花

从孩提时代起,我就特别喜欢安徒生的童话,可以毫不夸大地说,这些童话正是形成我幼年人生观的主导因素之一。安徒生童话自二十世纪之初即已传入中国。1913年周作人说,安徒生"以小儿之目观察万物,而以诗人之笔写之,故美妙自然,可称神品,真前无古人,后亦无来者也"!(《丹麦诗人安兑尔然传》)1919年《新青年》6卷1号发表了《卖火柴的小女孩》,1925年《小说月报》出版了两期安徒生专号,一是纪念他诞生一百二十周年,一是纪念他逝世五十周年。当时翻译的安徒生作品已有四十三种六十八篇。

安徒生的一篇童话感人至深,至今仍烙印在我心里:一颗小豌豆不像强壮的同伴,飞不进高楼大厦,只落在一户人家门前的石头缝里,它开出了一朵美丽的粉色小花。这户人家有一个生病的小女孩,她天天看着它,得到了很大的安慰;粉色小花因为给女孩带去了快乐,也感到非常骄傲。在这一瞬间他们彼此都完成了生命的意义。

袁枚有诗说:"苔花如米小,也学牡丹开。"这也是实现了自己的生命意义,再弱小的生物都有自己生命灿烂的一瞬。

鲁迅说:"我记得有一种开过极细小的粉红花……她在冷的夜气中,瑟缩地做梦,梦见春的到来,梦见秋的到来,梦见瘦的诗人将眼泪擦在她最末的花瓣上,告诉她秋虽然来,冬虽然来,而此后接着还是春,蝴蝶乱飞,蜜蜂都唱起春词来了。她于是一笑,虽然颜色冻得红惨惨地,仍然瑟缩着。"

一位英国诗人也说过:苔藓石旁的一枝紫罗兰,半藏着没有被人看见。美丽得如同天上的星点,一颗唯一的星,清辉闪闪。她生无人知,死也无人喑,不知她何时去了人间。

不为人知,不被人见,但仍然完成了自己灿烂的生命瞬间。

这些诗文都曾深深感动过我,构成我灵魂闪光的一瞬。今天,我们常常说人文素质。我认为人文素质不同于一般所说的人的基本素质。人文素质专指古今中外人类文明所创造的一切美好事物对人的熏陶和感染,你接受它们、欣赏它们,将它们引入你的生活,融进你的言谈举止,成为你之所以是你的一部分,造就你的风格和气质。正如孟子所说:"仁义礼智根于心,其生色也睟然,见于面,盎于背,施于四体,四体不言而喻。"(《孟子·尽心上》)如果你的内心是丰富而美好的,这丰富和美好就会形于色,使你自然显出你所特有的纯粹和光彩。具体说来,人文素质是后天的,包括人对生活的看法、人内心的道德修养,以及由此而生的行为准则。它表现于人们的言谈举止,于不知不觉之间流露于你的眼神、表情和姿态,甚至从背后看去也能充沛显现。人类数千年来创造的精神文明,包括神话传说、道德传承、艺术、诗歌、小说等就是培养这种人文素质取之不尽、用之不竭的源泉。如果你与这一切绝缘,你的一生就只能是无根之木、无源之水。

现在的年轻人往往说"我就是我""我只愿意做我自己",但很少问,这个"我"、这个"自己"从哪里来,是原始即有的吗?其实,我们从小到大都在不断接受人文素质的培养。在我们逐渐学会听、说、读、写的过程中,听和读培养了我们认识世界的能力,使我们从一个自然人成长为一个文化人;说和写培养我们表达自己的能力,从一个个体的人成长为一个社会的人。在这个过程中，人类创造的物质财富和精神财富都会留下自己的烙印，而文学无疑起着不可估量的作用。巴金说："我们有一个丰富的文学宝库，那就是多少代作家留下的杰作。它们教育我们、鼓励我们，要我们变得更好、更纯洁、更善良，对别人更有用。文学的目的就是要人变得更好。"安徒生童话就是使人变得更好的不朽杰作。

## 辑二 北大，北大

# 初进北大

1948年,我在贵阳的许多朋友,抗战胜利后,都纷纷回到"下江"。有的在北京,有的在南京,有的在上海。高中三年级时,我已下定决心,一定要离开这群山封闭的高原之城。当时贵阳无考区,于是我一个人搭便车到重庆参加了高考。这是一辆运货的大卡车,我坐在许多大木箱之间颠簸,穿行在云雾和峭壁之间。久已闻名的什么七十二拐、吊尸岩等名目吓得我一路心惊胆战!好不容易来到了重庆沙坪坝原中央大学旧址,西南地区的考场就设在这里。大学生们早已放假回家。我们白天顶着三十八九摄氏度的高温考试,晚上躺在空荡荡的宿舍里喂早已饿扁了的臭虫。那时是各大学分别招生,我用了十天参加了三所大学(北京大学、中央大学、中央政治大学)的入学考试。

回贵阳后，得知我的中学已决定保送我免试进入北京师范大学，不久，北京大学、中央大学、中央政治大学的录取通知书也陆续寄到。我当然是欢天喜地，家里却掀起了一场风波！父亲坚决反对我北上，理由是此时兵荒马乱，一个十七岁的女孩子出去乱闯，无异于跳进火坑！他坚持我必须待在家里，要上学就上家门口的贵州大学。经过多次争吵、恳求，直到以死相威胁，父亲终于同意我离开山城，但只能到南京去上中央大学。他认为在南京，离家近，可以召之即回。我的意愿却是立即奔赴北京，去革命！母亲支持了我，我想这一方面是由于她的倔强的个性使她愿意支持我出去独闯天下；另一方面，她也希望我能在北方找回她失踪多年的姐姐。我们对父亲只说是去南京，母亲却另给了我十个银圆，默许我到武汉后改道北上。

我当时只是一心一意要北上参加革命。其实，我并不知革命为何物，我只是痛恨那些官府衙门。记得我还是一个初中学生时，父亲就让我每年去官府替他交房捐地税，因为他自己最怕做这件事。我当时什么都不懂，常常迷失在那些数不清的办公桌和根本弄不懂的复杂程序中，被那些高高在上的官儿们呼来喝去，以致失魂落魄。父亲还常安慰我，说就像去动物园，狮子老虎对你乱吼，你总不能也报之以乱吼吧！对于每年必行的这种

"逛动物园",我真是又怕又恨,从小对政府官僚深恶痛绝。加之抗战胜利后,我的一个表哥从西南联大回来,带来了他的一帮同学,他们对我们一群中学生非常有吸引力。我们听他们讲闻一多如何痛斥国民党,如何被暗杀,哀悼的场面是如何悲壮,学生运动如何红火。我们听得目瞪口呆,只觉得自己过去原来不是个白痴也是个傻瓜,简直是白活了!其实,现在想来,他们也难免有夸张之处,但当时我们却什么都深信不疑,并坚定地认为,国民党统治暗无天日,不打垮国民党,是无天理;而投奔共产党闹革命,则是多么正义,多么英勇!又浪漫,又新奇,又神秘!

当时贵阳尚无铁路,必须到柳州才能坐上火车。我一个人,提了一只小皮箱上路,第一天就住在"世界第一大厕所"金城江。抗战时期由于经过这里逃难的人太多,又根本没有厕所,只好人人随地大小便,金城江到处臭气熏天。战后两年,情况也并无好转。我找了一家便宜旅馆,印象最深的是那布满了斑斑点点、又脏又黑的蚊帐和发臭的枕头,以及左边隔壁男人们赌钱的呼幺喝六声和右边隔壁男人们震耳欲聋的鼾声。我心里倒也坦然,好像也没有感到害怕,只是一心梦想着我所向往的光明。

我终于来到武汉,找到北京大学北上学生接待站。

领队是武汉大学物理系一年级学生程贤策,他也是为了革命,自愿转到北大历史系一年级,再做新生。我们从武汉坐江船到上海,转乘海船到天津。一路上,领队教我们大唱解放区歌曲。当然不是大家一起学,而是通过个别传授的方式。也许由于我学歌比较快,他总是喜欢先教我,我们再分别去教别人。三天内,他会唱的几首歌,大家也都会唱了。最爱唱的当然是"解放区的天是明朗的天,解放区的人民好喜欢,民主政府爱人民呀,共产党的恩情说不完",还有"山那边哟好地方,穷人富人都一样……年年不会闹饥荒",以及"你是灯塔,照亮着黎明前的海洋……"等。当北大学生举着大旗,到前门车站来迎接我们时,我们竟冒着扑面而来的风沙,在大卡车上,高唱起这些在当时绝对违禁的歌曲来!我激动极了,眼看着古老的城楼,红墙碧瓦,唱着歌,真觉得是来到了一个在梦中见过多次的自由的城!站在我身边的领队也是激动得热泪盈眶,他雄厚而高亢的歌声飘散在古城的上空。

我就这样来到了北京。

# 四院生活

当时,北大文法学院一年级学生都集中在国会街北大四院学习和生活,一年后才迁入沙滩校本部。热情的老同学把我们迎到北大四院。四院原是北洋军阀曹锟的官邸,这里紧靠宣武门城墙根,范围极大,有很多树木花草,能容纳数百人学习和生活。四院大礼堂就是当年曹锟贿选的地方。

虽然我的大学生活,准确说来只有五个月,但这却是我一生中少有的一段美好时光。我投考所有大学时,报的都是英文系,可是,鬼使神差,北京大学却把我录取在中文系。据说是因为沈从文先生颇喜欢我那篇入学考试的作文。谁知道这一好意竟给我带来了二十年噩运,此是后话。

全国最高学府浓厚的学术气氛,老师们博学高雅的非凡气度深深地吸引着我。我们大学一年级的课程有：沈从文先生的大一国文课（兼写作），废名先生的"现代文学作品分析"课，唐兰先生的"说文解字"课，齐良骥先生的"西洋哲学概论"，还有一门化学实验和大一英文课。大学的教学和中学完全不同，我真是非常喜欢听这些课，总是十分认真地读参考书和完成作业，尤其喜欢步行半小时，到沙滩总校大实验室去做化学实验。可惜1949年1月以后，学校就再也不曾像这样正式上课了。现在回想起来，说不定正是这五个月的时光注定了我一辈子喜欢学校生活，热爱现代文学，崇尚学术生涯。

当时，我们白天正规上课，晚上参加各种革命活动。我参加了一个学生自己组织的以读艾思奇的《大众哲学》为中心的读书会。我的最基本的马克思主义观念就是在这时形成的。当时，我认为矛盾斗争、普遍联系、质量互变、否定之否定、经济基础决定上层建筑等，都是绝对真理，并很因自己会用这些莫测高深的词句来发言而傲视他人。读书会每周聚会两次，大家都非常严肃认真地进行准备和讨论。我还参加了一周一次的俄语夜校，由一个不知道从哪儿来的白俄老师授课。后来，在那些只能学俄语、不能学英语的日子里，当大家都被俄语的复杂语法和奇怪发音弄得焦头烂额时，我却独能轻而易举地考高分，就是那时打下了基础。

我喜欢念书，但更惦记着革命。1948年秋天，正值学生运动低谷，"反饥饿，反迫害"的高潮已经过去，国民党正在搜捕革命学生，一些领导学生运动的头面人物正在向解放区撤退，学生运动群龙无首。1949年1月以前，我们都还能安安静静地念书，只搞过一次"争温饱，要活命"的小规模请愿。我跟着大家，举着小旗，从四院步行到沙滩校本部去向胡适校长请愿。那时，校本部设在一个被称为"孑民堂"的四合院中。我们秩序良好地在院里排好队，胡适校长穿着一件黑色的大棉长袍，站在台阶上接见了我们。他很和气，面带忧伤。我已忘记他讲了什么，只记得他无可奈何的神情。这次请愿的结果是：凡没有公费的学生都有了公费，凡申请冬衣的人都得到了一件黑色棉大衣。这件棉大衣我一直穿到大学毕业。

一月军队围城，我们开始忙碌起来。随着物价高涨，学生自治会办起了"面粉银行"，我们都将手中不多的钱买成面粉存在银行里，以防长期围城没有饭吃。记得我当时早已身无分文，母亲非常担心。也不知道她通过什么门路，在贵阳找到一个在北京开分店的肉店老板。母亲在贵阳付给这位老板六十斤猪肉的钱，他的分店就付给我值同样重量猪肉的钱。这可真救了我的急，使得在"面粉银行"中,也有一袋[1]属于我的面粉。我们又组织起来巡逻护校,分头去劝说老师们相信共产党,不要去台湾。我的劝说对象就是沈从文先生。我和一位男同学去到他家,印象最深刻的就是他的妻子非常美丽,家庭气氛柔和而温馨。他平静而不置可否地倾听了我们的劝说,我当时的确是满腔热情,对未来充满信心,但对于已有了三十年代经验的他来说,大概一定会觉得幼稚而空洞。后来,胡适派来的飞机就停在东单广场上,他和许多名教授一样,留了下来。也许是出于对这一片土地的热爱,也许是出于对他那宁静的小家的眷恋,也许是和大家一样,对未来估计得过于乐观,总之他留了下来,虽然后来历尽苦难。

这时,我又参加了北大剧艺社和民舞社,全身心地投入了我从未接触过的革命文艺。我一夜一夜不睡觉,通宵达旦地看《静静的顿河》《钢铁是怎样炼成的》、高尔基的《母亲》,还有马雅可夫斯基的诗。我们剧艺社排演了苏联独幕剧《第四十一》。我担任的职务是后台提词。剧本写的是一位红军女战士在革命与爱情之间痛苦

---

[1] 前文提到的是两袋面粉,可能记忆有误,此处尊重原文,不予改动。——编者注

挣扎，最后不得不亲手开枪打死她心爱的蓝眼睛白军军官。每次排练至此，我都会被感动得热泪盈眶。

民舞社每周两次，由总校派来一位老同学教我们学跳新疆舞。记得我最喜欢的舞蹈是一曲两人对舞，伴唱的新疆民歌也非常好听。歌词大概是这样：

男：温柔美丽的姑娘，我的都是你的，你不答应我要求，我将每天哭泣。

女：你的话儿甜似蜜，恐怕未必是真的，你说你每天要哭泣，眼泪一定是假的。

男：你是那黄色的赛布德（一种花），低头轻轻地摘下你，把你往我头上戴，看你飞到哪里去！

女：赛布德花儿是黄的，怕你不敢去摘它，黄色的花儿头上戴，手上的鲜血用啥擦？

男：头上的天空是蓝的，喀什噶尔河水是清的，你不答应我要求，我向那喀什噶尔跳下去！

女：你的话儿真勇敢，只怕未必是真的，你从那喀什噶尔跳下去，我便决心答应你！

这些美丽的歌舞与隐约可闻的围城的隆隆炮声和周围紧张的战斗气氛是多么不协调啊！但它们在我心中却非常自然地融为一体。我白天如痴如醉地唱歌跳舞，晚上就到楼顶去站岗护校或校对革命宣传品。那时北大的印刷厂就在四院邻近，深夜，革命工人加班印秘密文件和传单，我们就负责校对，有时在印刷厂，有时在月光下。我印象最深的是校对一本小册子，封面用周作人的《秉烛后谈》作伪装掩护，扉页上就醒目地写着："大江流日夜，中国人民的血日夜在流！"小册子记录了一个被国民党通缉的北大学生到解放区后的所见所闻，称得上文情并茂，感人至深。

1949年1月31日，中国人民解放军辉煌地进入北京城，我的生活也翻开了全新的一页。

新社会给我留下的第一个印象就是延安文工团带来的革命文艺。谈情说爱的新疆歌舞顿时销声匿迹，代之而起的是响彻云霄的西北秧歌锣鼓和震耳欲聋的雄壮腰鼓。文工团派人到我们学校来辅导，并组织了小分队。我们大体学会之后，就到大街上去演出。有时腰上系一块红绸扭秧歌，有时背着系红绳的腰鼓，把鼓敲得震天响。市民们有的报以微笑和掌声，有的则透着敌意和冷漠。我们却个个得意非凡，都自以为是宣告旧社会灭亡、新社会来临的天使和英雄。

延安文工团来四院演出《白毛女》的那天，曾经是军阀曹锟贿选的椭圆形礼堂（当时称为"圆楼"）里外三层，被挤得水泄不通。我们真是从心眼儿里相信"旧社会把人变成鬼，新社会把鬼变成人"。善良的农民用自己的劳动血汗养活了全人类，却被压在社会最底层！如今，他们"翻身做了主人"！还有什么能比这更伟大，更神圣呢？

就在这几乎是"万众一心"的时候，四院却发生了一件不能不载入校史的大事。这就是"护校运动"。共产党进城后，需要很多地方来安置各种机构，因此决定要北大让出四院，学生全部并入总校校址。这引起了一小部分学生的坚决反对。他们认为四院是北大校产，不能随便放弃，政府不能任意征用学校的财产和土地。他们四处呼吁，又贴墙报，又开辩论会，还威胁说要组织游行，眼看就要酿成一个"事件"！共产党决定加强领导，通过自己的地下组织予以坚决回击。总之是说他们挑衅闹事，有意制造事端，反对新政权；又把他们平常生活中的各种"不检点"，用墙报贴了出来。这些人一下子就"臭"了。于是我们大获全胜，浩浩荡荡地迁入了总校所在地——沙滩。四院则成了新华社的大本营，一直到今天。

# 快乐的沙滩

我们中文系1948级,原有二十七名学生。还在四院时,就有很多同学在参观解放军某部后参加了解放军;"护校运动"后,又有一些人参加了"南下工作团"。迁入校本部时,我们班实际只剩了五个同学。好在学校"面目一新",课程完全不同了。"中国革命史"和"政治经济学"都在一两百人的大班上课,俄语和文学理论课则将中文系的三十几个同学编成了一个班。过去的课程都没有了,听说废名先生在被通知停开他最得意的"李义山诗的妇女观"一课时,还流了眼泪。新派来的系主任杨晦先生是著名的左派文艺理论家,但我们对他一无所知,只知道他的妻子比他年轻二十岁,是西北某大学的校花。他讲的文学理论,我们都听不懂,晚上,他还将我们组织起来学习《共产党宣言》,一周三次,风雨无阻。

我俄语学得不错，政治课上的发言又总是热血澎湃，满怀"青春激情"，于是很快当上了政治课小组长。记得一个难忘的夜晚，已是十一点多钟，我突然被叫醒，由一个不认识的男生带到红楼门口，一辆闪亮的小轿车正停在那里。我们四个人钻进车厢，车就飞驰而去。我们被带进一个陈设豪华的小客厅。我从未坐过小轿车，更从未见过那样富丽堂皇的地方，又不知道为什么去到那里，心里真是又好奇，又慌乱，又兴奋！等了一会儿，又高又大的彭真市长踱了进来。原来是市长同志亲自过问政治课教学情况，让我们最基层的小组长直接来汇报。我对彭真市长的印象很好，觉得他亲切、坦直、真诚。他大概对我的印象也不错，我大学毕业时，曾有消息说要调我去做彭真的秘书，并把档案也调走了，但不知什么原因没有去成，档案也从此遗失。如果去成了，我就会完全变成另一个人——我可能不会当二十年"右派"，也可能在"文化大革命"中成为彭真的"黑爪牙"而遭受更大的不幸。

然而谁又能预知未来？反正1948年到1950年，我的生活算得上称心如意。我开始给《北平解放报》和《人民日报》写稿，无非是报道学校生活中的一些新鲜时尚的事；有时也写一点书评，多半是评论一些我正在大量阅读的苏联小说。记得有一篇评的是长篇小说《库页岛的早晨》，标题是"生命应该燃烧起火焰，而不只是冒烟"，这倒是契合了我在很长一段时间里所持的人生观——与其凑凑合合地活着，不如轰轰烈烈干一场就死去。

1950年暑假，发生了一件我完全意想不到的事。有一天，我突然被通知立即到王府井大街拐角处的中国青年联合会报到，只带几件换洗衣服和洗漱用具。和我一起报到的，有来自全国各地的二十余名学生（也有几个并非学生）。我们就这样仓促地组成了参加第二届世界学生代表大会的中国学生代表团！团长是青年团中央的一位大官，秘书长却是我们大家都很崇敬的地下学生运动领导人柯在铄，他曾被国民党全国通缉，却传奇式地逃到了解放区。他后来也当了大官，八十年代成了《香港特别行政区基本法》起草委员会的重要成员。代表团人才倒也齐全，有来自音乐、美术、戏剧等领域的专业院校的学生，也有来自工厂和部队的代表，还有内蒙古和西藏的学生干部。其中也出了一些名人，如大音乐家吴祖强、著名的青海地方官宦爵才郎；十六岁的新疆小姑娘法吉玛，她后来成了新疆电影制片厂的名演员，后来又在"文化大革命"中莫名其妙地死于非命。

我们从满洲里出国门，将近十来天，火车一直穿行在莽莽苍苍的西伯利亚原始森林之中。贝加尔湖无边无际地延伸开去,我教大家唱我最爱唱的《流放者之歌》:"贝加尔湖是我们的母亲,她温暖着流浪汉的心,为争取自由挨苦难,我流浪在贝加尔湖滨。"又唱高尔基作词的《囚徒之歌》:"太阳出来又落山,监狱永远是黑暗,守望的狱卒不分昼和夜,站在我的窗前!高兴监视你就监视,我决逃不出牢监,我虽然生来喜欢自由,挣不脱千斤锁链。"我心里活跃着从小说中看到的各种各样为自由在西伯利亚耗尽年华的不幸的人们——十二月党人和他们的妻子、陀思妥耶夫斯基和托尔斯泰笔下的被流放的人群。我满心欢喜,深深庆幸那些苦难的日子已经成为过去,仿佛辉煌灿烂的世界就在眼前,真想展开双臂去拥抱自由美好的明天!对于斯大林屠刀下的新鬼和不计其数的新的被流放的政治犯,我当时确实是一无所知。

作为社会主义大家庭的新的一员,我们在沿路车站都受到了极其热烈的欢迎。到处是红旗飘扬,鲜花环绕。人们欢呼着,高唱《国际歌》,双方都感动得热泪盈眶!我们先在莫斯科、列宁格勒(今称"圣彼得堡")、基辅等地参观,然后去布拉格开会。记得刚到莫斯科的那个晚上,尽管团长三令五申,必须集体行动,我和柯在铄还是忍不住在夜里十一点,偷偷来到红场列宁墓,一抒我们类似朝圣的崇拜之情。俄罗斯的艺术文化给我留下了极其深刻的印象,特别是那些非常美丽的教堂的圆顶,但我们却不被准许走近教堂,只能远远地欣赏。我们也去过图书馆、画廊、工厂、集体农庄,"苏联的今天就是我们的明天",我对此深信不疑。

虽说我们到布拉格是为了参加世界学生代表大会,但我对大会似乎一无所知。只记得大会发言千篇一律,也不需要我们讲话。我乐于坐在座位上东张西望,观察我周围的一切;再就是拼命高呼"Viva! Stalin!"(斯大林万岁)高唱会歌,不断地吃夹肉面包,喝咖啡。当时苏联老大哥的地位至高无上,记得我们经常要听他们的指示。我因懂一点俄语,有时就被邀请参加这种中午或深夜的小会。老大哥们都非常严肃,常是昂首挺胸,板着脸。我对此倒也没有什么抵触,似乎他们就应该是那副样子,我们对他们敬重也是理所当然。

在国外的二个月很快就过去了。回国前两天,我突然被秘书长召见。他问我是否愿意留在全国学联驻外办事处工作,待遇相当优厚,还有机会到莫斯科大学留学。我对此一口回绝,自己也说不清是什么原因。我虽然积极参加各种革命工作,但内心深处却总是对政治怀着一种恐惧和疏离之情。这种内心深处的东西,平常我自己也不察觉,但在关键时刻却常常决定着我的命运。

下文是我当时回国后写的回忆文章。

### 不能忘怀的友情

我们中国学生代表团在今年八月参加了第二届世界学生代表大会,现在已回到了亲爱的祖国。在国外的六十八天中,国际青年朋友们对我们深厚的国际主义的友情,使我们每一个人永远不能忘怀。

### 最隆重的礼节

大会开完后,我们访问了捷克的主要城市,还在莫斯科和列宁格勒参观了十九天,篮球队还到过罗马尼亚。每到一个地方,总是有热烈的问候、拥抱和无数鲜花在等待我们。篮球队到罗马尼亚库鲁茨城时,从火车站到停汽车处特别铺了几十米长的红地毯让我们从上面走过去,这是最尊敬最隆重的礼节。在捷克巴杜比采城,欢迎的行列排成了长长的仪仗队:先是一辆无顶警车开路,三个警察站在车上拿着让路牌(按交通规则是见此牌立即让路);后面是三辆摩托车,车上站着三个壮健的女青年盟员,高擎苏、中、捷三国国旗;然后是两辆专程来欢迎我们的轿车,载着市工会主席、市党委、市盟委书记和我们代表团的领队;后面是我们乘坐的最新式大汽车;最后是一大群欢笑着的捷克青年。他们就是这样一直把我们送到工厂,举行了欢迎会。那里特地搭了可容纳几十人的临时主席台,当中高悬毛主席画像,上面一边是捷克共产党党徽,一边是写着"八一"两字的大红星(当时我国国徽尚未公布)。工作着的群众都停工集合欢迎我们。

### 狂热的欢迎

在捷克奥斯特拉瓦城,自从下了飞机,我们就没有走过一步,一直是被捷克青年朋友们扛在肩上,从飞机到汽车,从汽车到旅馆,走到哪里,哪里就是一大群人,我们每三人乘一辆小汽车,先绕城游行一周才到旅馆。游城时,一辆宣传车在前面大声广播着:"中国代表来了,快来欢迎!"于是市民们从窗口探出头来;商店里的人都挤在路边,向我们招手,点头微笑。

到捷克第三大城市布鲁诺时,正值庆祝工业与社会主义建设成就大联欢的前夕,千千万万的人从各地来此看烟火。我们的汽车刚开进广场,就立刻被包围。我们根本无法下车。过去的经验告诉我们:一下车就有写不完的签名册,说不完的"你好",然后被举起来,被拥抱得透不过气,然后就是迷失了方向，也不知道自己被抬到了什么地方，要费很大工夫才能归队；因此我们全留在车上。但群众坚持要求我们对大家讲话。他们找来了扩音器，我们就在汽车上兴奋地向捷克人民表示热烈的敬意，为他们唱新中国歌曲。直到放完了烟火，群众逐渐散去，我们才下车；但仍是要几个人紧紧地拉在一起，深恐又被群众"个别包围"。

我们在布拉格看足球赛因特殊事故去迟了，球赛一直等我们到场才开始，我们刚进去，扩音器就高呼着"中国代表们来了"，于是四周爆发出暴风雨般的鼓掌，全场起立，"毛泽东万岁"的欢呼声震天动地。

我们的排球队在捷克西部一个城市比赛后，到一个百货商店去买纪念品，店里的扩音器就广播："同志们，中国代表到了我们的商店，我们欢迎！"问我们要买什么，招待我们人就一定要送什么，我们只好什么也不买。在捷克的二十二天，我们一直沉浸在这样紧张热烈的情绪中。

## 中苏两国人民的深厚友谊

我们还荣幸地在伟大的世界和平民主堡垒、苏联的首都莫斯科和英雄城市列宁格勒参观了十九天。我们深刻地体会到苏联人民对中国人民深挚、热诚、兄弟般的友情,以及对我们全心全意的体贴与关心。我们一进苏联国境,就有苏联青年反法西斯委员会专派的同志在等着我们。从与中国接境的奥德堡把我们一直护送到与捷克接境的却普,我们开完大会返国时,又从却普把我们一直护送到莫斯科,从莫斯科护送回奥德堡。我们在各大城市的车站都受到了热烈的欢迎。记得我们的火车到乌克兰首都基辅时,已是深夜,下着雨,欢迎的人还是那么拥挤,他们纷纷把身上带着的一切纪念品送给我们,包括徽章、钢笔、胸针、肩章、卢布……我们和那些被淋得湿透的苏联同志们紧紧拥抱着,深深地为他们的深情所感动。

一到莫斯科,苏联列宁共产主义青年团中央书记米哈依洛夫同志,就亲自在团中央礼堂接待我们,对我们说:"以前我们到中国去,现在你们到这里来,我们就像一家人一样,好得很,希望你们就像在家里一样!"他一次又一次地问我们要看什么,要听什么,缺少什么,又问起他在中国时认识的同志,又问我们之中有没有生病的。在莫斯科,我们住在列宁同志曾经住过的国家大旅馆和莫斯科最大的莫斯科大旅馆,吃着极考究的饭菜。我们被招待参观最好的工厂、农庄,最有名的学校、幼稚园和名胜古迹,每天晚上请我们去观剧、看电影。我们更十分荣幸地进谒列宁墓,参观了斯大林同志工作所在的克里姆林宫。有一次我们参观了一个肉类联合工厂,我们走过工作间,工人们都鼓掌欢迎,又特别在休息室"红角"开了群众欢迎会,一个女工致欢迎辞,她说:"我们都知道你们伟大的领袖,我们向我们所敬爱的毛泽东致敬!我们知道你们都是英勇的、为和平斗争的青年,我们向你们致敬!我们深信你们会把你们的国家建设得伟大富强!我们将永远一起为和平而斗争!"她简短有力的字句鼓舞了每一个人。最后,他们殷勤地请我们吃自己工厂出品的各种各样的香肠。

临走前夕,苏联青年团和苏联青年反法西斯委员会特为我们开了欢送宴会,苏联青年团中央书记之一兼苏联青年反法西斯委员会主席古却马索夫同志重复地问我们要看的是否都已经看到了。他请我们转致苏联青年对中国青年最热烈的敬礼,转致苏联青年对中国人民最热烈的祝贺。欢送会充满了亲切、真挚、最诚恳的信任和关怀。

不能忘怀的一夜

离开莫斯科的晚上,苏联青年反法西斯委员会副主席裴斯良克同志和东方学院院长,亲自到车站欢送我们,还有许多苏联青年和少先队员。他们除了送我们一束束的鲜花外,还特别送了种着花的小花盆,为的是使我们在漫长的西伯利亚旅途中,桌上仍能摆着莫斯科的鲜花。朝鲜代表和越南代表都来了,他们不断向我们招手。那天下着大雨,他们在雨中一直站了半小时,喉咙唱哑了,天气变得非常冷。他们都穿得不多,却站着不肯回去,我们一起喊:"多士维丹尼亚!当摩依!"(再见,回家吧!)一连喊了十多遍,他们仍坚持不走。最后,我们只好钻进车厢,关上门,表示请他们回去的决心;他们才慢慢散去,还频频在玻璃窗外向我们招手……这是珍贵的友情——这是使我们永不能忘怀的友情!这样珍贵的友情使我们结成无敌的同盟!

回国感想

我们在国外受尽了优待、尊敬和荣耀,这是毛主席的荣耀!这是全中国人民和全中国学生的荣耀!我们回到北京,站在广阔的天安门广场上,仰视雄伟的天安门和天安门上面悬挂着的、我们在国外时定制的金光闪闪的新国徽,仰视宏大的毛主席像,我们想着:"是你,毛主席,领导中国人民打走了美帝国主义和走狗蒋介石,我们才能有今天,才能和国际朋友们一起欢呼迎接光明的前程!但是正像你所说,美帝国主义反动派是不会甘心的,他们正在以阴谋侵略我们。毛主席,我们坚决向你宣誓:你什么时候号召我们起来保卫祖国,我们将贡献我们的一切来响应你的号召!"

# 空前绝后的草棚大学
## ——记北大鲤鱼洲分校

1969年春,"军委第一号令"下达,北大两千余名教职员工一齐奔赴江西南昌百里开外的鲤鱼洲,走毛主席号召的光辉道路,建起了北大鲤鱼洲分校。我们带着刚满十岁的汤双举家南迁,心里一直遗憾十六岁的女儿怎么说也不肯与我们同行,她说不愿做"绕梁而飞的乳燕",誓做"冲向风暴的雄鹰",决心同伙伴们一起去黑龙江靠近中苏边境的农垦兵团!

鲤鱼洲是在鄱阳湖畔围湖造田而成的一大片沼泽地。由于钉螺丛生,血吸虫横行,农民早已遗弃了这片土地。我们到达时,只见一片荒凉,先遣部队匆忙搭建的可以容纳两百多人的几座孤零零的大草棚突兀地屹立在荒原中心。为了一日三餐,尽管我们只吃酱油汤加糙米饭,后勤人员还是不得不划着小木船到鄱阳湖彼岸去采购食物。就在我们到来的前几天，两艘小船遇到风浪，五位员工不幸牺牲。

在毛主席革命路线的指引下，我们首先"再送瘟神"，发扬人海战术，打响了消灭钉螺的歼灭战；毛主席有诗云"华佗无奈小虫何"，我们毕竟比华佗高明，战胜了血吸虫，在鲤鱼洲安营扎寨。最后离开鲤鱼洲时，我们北大分校仅有百余人患上血吸虫病（据说邻近的清华分校患此病者竟达八百余人）。这无疑是毛主席"一不怕苦，二不怕死"精神的伟大胜利！我们又以"敢教日月换新天"的气概，用自己的双手建造起一排排砖房和茅草房，开垦出百余亩水稻田（这湖底土地肥沃，水分充足），创设了自己的砖瓦场（虽然我们只能用双脚在满是冰碴的水中代替牲口搅拌黄泥）。我们有了自己的汽船码头、抽水机、食堂、菜地，还养了很多猪和鸡！当我们吃到自己亲手种出的新大米和碧绿的新鲜蔬菜时，心中之乐真是无与伦比！但快乐之中也有阴影：鄱阳湖比鲤鱼洲高出数十米，人们在下面仰望鄱阳湖面上的点点白帆，就像白天鹅在蓝天上航行。谁都心知肚明，万一围湖大堤，哪怕是裂一个小缝儿，几千名员工的命运就是"人或为鱼鳖"了！因此，防汛时，在大雨滂沱中，人人都是整夜瞪直双眼，紧盯着大堤的每一寸。

我俩带着儿子，在这个因血吸虫肆虐而被农民遗弃的土地上生活了近三年。我们虽然分住在不同的连队，但两周一次的假期一家人总可以一起沿着湖滨散步，那就是我们最美好的时光。后来，多亏领导照顾，几个连队还联合开辟了一间"家属房"，拉家带口的可以排队轮换，每家到这间特殊的"家属房"中住一个星期。我们一家三口就曾在这样的"家属房"中住过一个多星期。像是久别重逢，三个人重新团聚在一起，说不出有多么快乐！生活就这样过下去，如果没有什么急行军、紧急集合、"深挖细找阶级敌人"之类的干扰，日子过得倒也平静，比起以往阶级斗争的疾风暴雨，现在总算松了一口气。既然前途渺茫，连猜测也难，人们倒也不再多想，我又做起归隐田园的好梦，幻想有一间自己的茅草屋，房前种豆，房后种瓜；前院养鸡，后院养鸭，自得其乐。

可惜好梦不长，新的革命任务下达了！夏天伊始，总管全国教育科研的实权人物，八三四一部队负责北大、清华两校的军宣队头领迟群同志突然驾临鲤鱼洲，召集全体教职员工训话，宣布成立北京大学鲤鱼洲草棚大学：先办文、史、哲三系，学生从江南各省工农兵青年中推荐选拔；他们不仅要上大学，还要管理大学和改造大学（简称"上、管、改"）。迟群强调这样的草棚大学，一无高楼大厦，二无"不实用"的图书文献，三无固定的教学计划（一切因人、因时而异），它的灵魂是知识分子与工农兵相结合。这是一种"新型大学"，与无产阶级"文化大革命"一样，同属"史无前例"！迟群宣布暑假后立即开办草棚大学（干革命就要雷厉风行）！三系各有七八名教师被指定为"五同教员"（五同者，与学生同吃、同住、同劳动、同改造思想、同教育革命之谓）。我和汤一介都有幸名列"五同教员"之中，我们受命立即脱产筹备。我们在会上都表示热烈拥护，私下却不免内心忐忑。我们不知道应该教什么，也不知道应该怎样如领导所要求的，接受工农兵学员的"再教育"。

开学那天，我和女医生乔静被指定和军宣队、工宣队几位年轻领导一起，半夜出发，到南昌近郊的滁槎（距南昌和鲤鱼洲各五十余里）去迎接工农兵学员。清晨六点多钟，我们和百余名工农兵学员在滁槎胜利会师。队伍略事休息，便重新整队，迈着雄健的步伐，高唱着"我们走在大路上"，向鲤鱼洲进发。真没想到沿途各村镇竟都敲锣打鼓，摆出桌案，递茶送水，鞭炮齐鸣，欢送自己的亲人上大学！到了鲤鱼洲，全体北大人夹道欢迎，红旗招展，把世界教育史上的第一批工农兵学员迎进了草棚大学。

我们深感任务之艰巨，每个人都战战兢兢，唯恐误人子弟，对不起养育我们的老百姓和毛主席！我们呕心沥血，好不容易设计出第一年的课程。除全体师生要天天坚持背诵"老三篇"，体会"老三篇"的精神实质外，哲学系主要讲《实践论》《矛盾论》，历史系主要讲《新民主主义论》，中文系的课程比较丰富，除讲《在延安文艺座谈会上的讲话》外，还讲鲁迅、样板戏，外加大量写作实习。另外，几乎占了一半时间的，就是劳动课了！我们满以为工农兵学员会信心百倍地赞美鲤鱼洲，因此，第一次作文题就是歌颂毛主席的教育革命路线的伟大胜利——史无前例的草棚大学。我们期待着一批歌功颂德的杰作，甚至还计划选送其中一部分到地方报刊，宣传鲤鱼洲。然而，让我们失望的是，几乎所有作文都反映着一种迷茫。较为含蓄的，是说这里一无图书，二无教室，三无好老师（他们认为鲤鱼洲的老师都是北京挑剩的"处理品"），不像大学的样子；有的不谈教育，只是着意赞美鲤鱼洲的自然美景；还有个别家庭环境优越、有恃无恐的激进派就干脆说自己受了骗，要求到北京去上"真正的"北京大学（这时北京也招收了第一批工农兵学员）。军宣队和工宣队领导研究决定，要将教育革命进行到底，必须首先整顿思想。于是，草棚大学的第一课就是"批判资产阶级教育的样子观"。我们遵从上级指示，要首先改变人们对于大学的"样子观"！我们天天开会，做思想工作，实行军事管理，每天六点半出操、跑步。早餐后，师生各拿一只小马扎，坐在大草棚里，如学生所说，"围着圆圈儿吹牛"。我们这些资产阶级教育出来，而又尚未改造好的知识分子，当然都以自己所受的"毒害"为靶子，极力批判资产阶级教育的"样子观"。

尽管如此，我们还是和这些充满朝气的学员倾心相交，热忱相待，不久就真心爱上了这些真诚、坦直、积极向上、求知欲极强的年轻人。我们尽一切努力，让他们读到更多的书。为此，我们多次去南昌，到已停办的江西大学尘封乱放的书堆中挑了一批书，成立了一个小小的图书馆；我们时时和工农兵学员生活在一起，虚心接受他们的"再教育"，诚心希望工农兵学员真正成为"上、管、改"的主人。无奈学期过半，一切仍不得要领。

这样的"三无教学"终于难以为继。中文系领导想出了一个深得学生赞扬的好办法——到井冈山去！写革命领袖，写革命家史，收集革命民歌！出发那天清晨，三辆大卡车停在我们连队附近的大堤上。雨，淅淅沥沥地下了一夜，至今仍不见停。鲤鱼洲本是湖底，早有"晴天一块铜，下雨一包脓"的"美誉"。大堤本是黄泥垒起，宽度只能容两辆卡车。大堤上的路在大雨浸泡一夜之后，泥泞难行，还没走到车边就有好几个人滑倒。

工农兵学员领队建议是否雨停后，过两天再走。但是"五同教员"中的一位革命造反派却站了出来，慷慨激昂地高喊："中国人民连死都不怕，还怕下雨吗？"他率先登上了卡车，别人也就不好再说什么。

三辆卡车艰难地在泥泞中挣扎着，刚来到北大分校与清华分校交接的地界，搭乘第二辆卡车的我突然眼见第一辆卡车骨碌碌从堤上翻滚而下，一直滚到堤坝底下的荒草地上！所有的人全惊呆了，立刻下车，连滚带爬，向四轮朝天的卡车奔去，想去救助那些被扣在卡车底下的师生。但是，几吨重的卡车哪里翻得过来？只听得一片无助的哭喊！幸而清华大学分校的同志们闻声赶来，带着工具，终于撬起卡车的一侧，让我们有可能将里面的人一个一个拽出来！天哪，和我们朝夕相处的写作组组长张教授和一位爱说爱笑、来自上海的工人学员，由于被压在车棱下，大量内出血，脸色深紫，当时就离开了人世！曾坐在这辆车上的陈教授好久都神志不清，另外还有两个学员头部受了重伤。

我们这些"不怕下雨"的勇者终于拗不过老天，满心悲伤、灰溜溜地回到了原地。接着是每个人都要写文章悼念死者（着重歌颂他们"一不怕苦，二不怕死"的革命精神），开小型追悼会，安抚到来的死者家属。总精神是少追究、少宣扬，尽一切可能压缩"负面影响"。死者之一是我这个学习小组的学员,他英俊和善,是已有三年工龄的年轻工人。我被指定来接待他的母亲。他的母亲只有这一个儿子,为了将他抚养成人,她做了一辈子苦工!她无论如何接受不了失去儿子的现实!她在鲤鱼洲不吃不喝,哭诉了两天两夜,反复诉说她的儿子如何聪明,如何听话,如何上进,如何做梦也要上北京大学,又诅咒自己瞎了眼,鬼迷心窍,竟让他来上这样的北京大学!我们全组人真不知道如何面对这位无缘无故突然失去优秀儿子的无辜受难的母亲!

一个多月就这样在痛苦和失落中过去了,直到新的命令下达:"化悲痛为力量,重上井冈山!"我们重新踏上征途,却再也没有原来的意气风发。当时井冈山区还没有公路,我们全都跋涉在崎岖的山道上。最难忘怀的是年近半百的陈贻焮教授(炊事班长),背着一口大铁锅,手脚并用,奋力爬上山崖的身影;还有患着严重肠胃病的袁行霈教授的流着虚汗的苍白的脸!我当时是宣传队的一员,一直沿路编"对口词"给大家鼓劲,忘了自己的劳累。

我们终于到了井冈山,老革命根据地人民的热情关怀,温暖了我们的心。在井冈山的两个多月,收获是丰硕的。我们大家都了解了老区人民经历的苦难,切身受到了革命传统的教育。同学们不仅学会了写记叙文、小评论和调查报告，还接受了分析问题、调查研究能力的初步训练。值得一提的是我们特别注重基础写作，记得严家炎教授严格要求"文从字顺"，强调写文章必须"丝丝入扣"，因而得了"丝丝入扣先生"的美称。最值得怀念的，是当时的师生关系。我们朝夕相处，互相敞开心扉，真诚相待，常常谈到深夜。这样的师生情谊，后来再也难寻！如今，这些草棚大学的学员都已是五十开外的人了，我和他们中的一些人至今仍保持着联系。如草棚大学的排头兵钟容生同志，很久以来一直是深圳市政府的一位局长，每当荔枝成熟时，只要有人来北京，他一定会给我捎上一大包。当年我所属的那个工农兵学员小组的组长张文定同志，多年担任北大出版社副总编，至今我们还常在一起共同策划出版书籍。

虽说我们一家三口都在鲤鱼洲，但相聚的日子却也不多。"五同教员"主要的时间都得和学员在一起，又常常出差。记得一次我带学员去了井冈山，汤一介到南昌给学员买书、调书，汤双留在干校。汤一介回到草棚时，汤双一人在草棚里正发着高烧，其他人都到地里劳动去了，汤双独自对着一杯水和一个西红柿！想想很是后怕，烫伤、烧伤、摔伤都不是不可能，草棚附近的茅草深处据说还有豺狗和蛇！汤一介爱子心切，心里很难过，想不通汤双这么小，为什么就不能和北大其他教师的孩子们一样过正常的生活，受正规的教育？他担心孩子的健康，特别害怕汤双染上血吸虫病！后来汤双果然低烧半年多，很久都不能排除血吸虫病的嫌疑。

幸而这件事发生后不久，就传来了撤销草棚大学的消息。人们前途未卜，不知会被如何处置，引颈北望，充满期待与惶惑。幸而结果是皆大欢喜——草棚大学全体师生迁回北京总校，开始新的大学生活。一年后，整个鲤鱼洲分校也撤销了。人们额手相庆，宰杀了所有的猪和鸡，据说开了三天三夜的"百鸡宴"。至于我们曾艰辛创建的农田、菜地、住房、砖瓦厂、草棚，则又归于荒芜。

# 从北大外出远游

生命的转折往往来得如此突然！1977年大学恢复正规招生，学校生活开始安定下来。我被分配担任留学生现代文学课的教学工作。第一年主要是朝鲜学生，第二年是第一批欧美留学生。对欧美学生讲中国现代文学总不能只讲"鲁迅走在《金光大道》上"！我开始研究中国现代作家与欧美文学的关系，我的心血凝注于我二十世纪八十年代的第一篇论文《尼采与中国现代文学》。该文发表于《北京大学学报》1980年第3期，引起了一些同行的关注，特别是吸引了我班上的美国学生薇娜·舒衡哲。她当时已是很有成就的年轻历史学家，对尼采在中国的影响颇感兴趣。她借给我很多有关尼采的书，也和我一起进行过多次讨论，我们成了很亲密的朋友。她回国后，在美国威斯利安大学教书，这所大学离波士顿不远。我想很可能是由于她的提及,哈佛燕京学社的负责人才会在1981年5月到北京大学来和我见面。对于这次见面,我毫无思想准备。谈话的内容主要是有关尼采。我的英语从未经过正规训练,只有一点中学的基础,看看小说还可以,谈深奥的学术问题,根本就"没门儿"。没想到哈佛燕京学社竟给沮丧的我提供了到哈佛大学进修访问一年的机会,我的生活从此翻开了新的一页。

1981年8月的一个傍晚,我终于到达了纽约肯尼迪机场。我带了两大箱东西,从内衣、内裤、信封、笔墨、肥皂、手纸,直到干面条。人们说,在美国一切都贵,把美国钱换算成人民币,对我来说,这些东西的价值全都是天文数字。但机场却不像我曾被告知的那样恐怖。没有戴红帽子的黑人来强推我的行李,勒索要钱;海关官员挺友善,并没有提什么让人发窘的问题;检查行李的人也不曾把箱子翻一个底朝天。最高兴的是,我一眼就看见了来接我的年轻朋友,并不曾像我在梦中多次被吓醒时那样,迷失在随时都有可能进行奸淫掳掠的陌生人群之中。

纽约给我的第一个印象是新奇。薇娜的车停在几层高的停车楼里,我们得乘电梯上去,再把汽车开下来。沿路看不到一个人影,只有五颜六色、高速奔驰的汽车。在路边的小餐馆里,我吃了人生中的第一个汉堡包。这个普通的餐馆也同样使我惊奇，这里没有想象中的灯火辉煌，也没有一般美国电影里酒吧中震耳欲聋的摇滚音乐，更没有中国餐馆中的人声嘈杂。一个个小小的枣红色玻璃灯罩在每一张餐桌上，笼罩着一支支小小的蜡烛，发出柔和的光；就餐的人不少，餐厅里却静得出奇，不知道从哪里传来了幽幽的古典提琴曲。我的心充满了宁静。这和我预期的第一个纽约之夜是多么不同啊！唯一使我纳闷的是，从纽约到俄勒冈州的中途城，总共只有几小时路程，我们却不得不停了九次车，丢下"买路钱"才得以过关。我问薇娜，何以不一次交掉？何以不买一张通行证，一路开过去呢？薇娜也说不出所以然。

我在薇娜家里住了三天，这对我身心方面的调节太重要了，至今我对此仍怀感激。当时薇娜尚未结婚，她独自占据了一幢小白楼的第二层。她的书房堆满了书、杂志报纸，凌乱不堪，稿纸、软盘、香烟头遍地都是。她就这样每天扒开一小片空间，夜以继日地在电脑前写作。她吃得也很简单，早上把香蕉、牛奶往搅拌机里一倒，黏黏糊糊，配上一片面包；中午一律是蔬菜香肠三明治；晚上才做一点熟菜。她不舍得花时间。相比而言，中国人用在吃饭上的时间实在太多了！我们生活的节奏太慢，许多时间白白地溜走了。和薇娜在一起，会有一种时间紧迫感，只想赶快抓紧时间，赶快工作。

第二天是中秋节，薇娜、薇娜的男朋友杰生、杰生的小儿子加维和我一起在宽阔的绿草地上看月亮，我请他们吃北京带来的月饼。六岁的加维非常懂事，他显然不喜欢这种过甜的异国食品，但只是客气地说等一会儿再吃。他一直在努力教我识别美国五分、十分、二十五分的镍币，但解释不清何以五分镍币反而比十分镍币的个儿大，并因此很着急。加维的父母已离婚，他每个周末都要到波士顿去看母亲，这时父母各驾车走一半路程，在一个约定的中点把孩子像货物一样交给对方。我很为加维难过。在后来的日子里，如果说美国有什么令我震惊，那就是离婚！我的好朋友几乎都有离婚的经验。我认为这种离婚对女人特别不公平。美国和中国不同，根本无法找到便宜的劳动力充当保姆，老一代人又不愿插手第三代的抚育工作，母亲往往只好放弃职业和学习，以保证父亲的功成名就。十五年后，父亲多半有了稳固的地位，母亲却再难返回社会，找到自己的职业。于是，夫妻之间出现了落差。丈夫说，是的，我们曾有过甜蜜的过去，你给了我孩子，但不能再给我青春。他身边环绕着崇拜名人的年轻女人，重新组织家庭，真是易如反掌！我不能指责这样的男人，他们中间有很多是我敬重的朋友。确实，如他们所说，人生转瞬即逝，既然婚姻索然寡味，为什么要为它牺牲掉自己的后半生？然而，女人终究太倒霉了！她们一般不大可能找一个比她们年龄小很多的人做丈夫，十几年拉扯大的孩子，一上大学，就要搬出去住，唯恐母亲干扰了自己的生活。于是很多中年妇女出现了所谓"空巢综合征"。记得作家王蒙来哈佛大学访问时，我曾和他谈过这个问题，他哈哈大笑，说中国绝无"空巢综合征"，有的只是"满巢爆炸征"，房小人多，大家都忙得团团转！的确，中国知识妇女较少放弃职业，男人也做较多家务。一般来说，他们没有很多时间去浪漫地"找回青春"。我绝不是说中国知识分子的婚姻生活都很美满，只是道德、舆论、生活条件、法律，都使离婚不那么容易，中国人也较能忍耐，得过且过，不到万不得已，也就"懒得离婚"。这对某些急于离婚的妇女也许造成了很多不幸，但也保障了更多妇女不至于无家可归。

也许是受了薇娜的感染，我一心想赶快到哈佛大学安顿下来，开始我的研究工作。在哈佛大学最惊心动魄的一幕，就是迷失在大图书馆的地下室。到哈佛大学的第一天，办完一切手续，已是下午四点多，我迫不及待地一头钻进向往已久的哈佛大学图书馆，乘电梯一直下到最底层，心想一层一层逛上去，大概总能看到一个图书馆的全貌。这最底层已是地下的第三层，全靠纵横交错的路灯照亮。需要看哪一格,再开那一格的灯。这最下一层收藏的,全是旧报纸,我一路看过去,想找找看有没有中国的旧报。据说,国内找不到的许多旧报纸都能在此发现,而我最感兴趣的是二十世纪二十年代大革命前后的旧报纸。我越走越深,终于完全迷失在密密麻麻的书架之中,再也找不到归路,电梯似乎已从地球上消失!我乱转了一个多小时,还是一无所获。我开始害怕起来,学校还没有开学,不会有人知道我在这里,宿舍里本来就空空荡荡,谁会来救我呢?万一到了下班时间,灭了灯,一个人待在这"万丈深渊"的漆黑中,怎么办?(我以为和中国一样,下班后要关掉电源)我转来转去,肚子饿得要命,中饭本来就没有好好吃。忽然看见一部电话,我似乎看到了大救星一样直奔过去,但是,身边一个电话号码也没有,况且人生地不熟,办公室早已下班,我又能给谁打电话?如果说有什么文化惊吓,我可真感到了惊吓!我靠墙坐在地上,又累又饿,黔驴技穷,一筹莫展,差点要哭出来!也不知就这样坐了多久,忽然听到脚步声,我连忙站起来。来的是一个年轻人,和蔼可亲。他大约见我一脸惊惶,就主动问我遇到了什么困难。我觉得很难为情,嗫嚅说,我迷失了出去的路。他一定觉得很好笑,告诉我转一个弯就是电梯,又教我地上的红线、黄线、绿线是什么意思,沿着这些路线走,绝对不会错,又告诉我图书馆门口有多少种说明书,应该事先读一下。我得到了一个教训,在美国无论做什么,都必须先看说明书。

我始终怀念在哈佛大学的那些日子,特别是那里的学生宿舍。每个宿舍都是一个很大的庭院。我居住的洛威尔之家(Lowell House)就是四面宿舍,中间围着一块很大的绿草坪,大约有二百名学生住在这里,其中有本科生、研究生,也有个别年轻教员。研究生就在宿舍的小教室里给本科生开辅导课,并从各方面指导他们,成为他们的榜样。宿舍总负责人极力营造一种家庭气氛。每周四下午四点都有家庭茶会,夫人自己烘焙的小饼干香气四溢。一只毛茸茸的大狗懒洋洋地躺在客厅里,宿舍里的任何人都可以去吃几片饼干、喝一杯咖啡,和不时来参加茶会的教授或高级领导们聊几句。每周三晚上有极其热闹的冰激凌宴。这时,餐厅里摇滚乐震耳欲聋,几十种冰激凌随便吃。据说,有一位校友在哈佛大学读书时,家里很穷,买不起自己很爱吃的冰激凌,后来发了财,就设了一笔基金,用其利息每周请同宿舍的室友们大吃一顿冰激凌,爱吃多少吃多少,免费!周五晚餐有"高桌"(High Table),餐厅舞台上摆起一溜大长桌,铺上雪白的桌布。在这个宿舍住过的教授或年轻教师围桌而坐,这时,洛威尔之家的钟楼准时响起悠扬的钟声。饭后,教师们就会很自然地到学生中去,和他们随便聊天。这些当然都只是一种形式,但我深深领悟到所谓哈佛传统,就是在这些不断重复的仪式中代代承传。

我在哈佛大学的一年并没有很好地开展研究工作。我白天忙于听课,晚上到英语夜校学习。我主要听比较文学系的课,这门学问深深地吸引了我。曾经是这个系的主要奠基人的白璧德教授(Irving Babbitt)曾大力提倡对孔子的研究,在他的影响下,一批中国的青年学者,如吴宓、梅光迪等开始在世界文化的背景下,重新研究中国文化。当时的系主任克劳迪奥·纪廉(Claudio Guillén)也认为只有当东西两大系统的诗歌互相认识、互相关照时,一般文学理论中的大争端始可以全面处理。我真为这门对我来说是全新的学科着迷,我借阅了许多这方面的书,又把所有能积累的钱都买了比较文学书籍,并决定把我的后半生献给中国比较文学这一事业。

时日飞逝,一年很快就过去了。我觉得自己才刚入门,特别是1982年夏天,我应邀在纽约参加了国际比较文学学会第十届年会之后,更想对这门学科有一个更深入的了解。因此,尽管学校多次催我回国,我还是决定在美国继续我的学业。恰好加州伯克利大学给了我一个访问研究员的位置,于是我不顾一切,直奔美国西部。

我在哈佛大学已被那里的温文尔雅濡染，新英格兰地区的一切，都是那样富于传统、绅士风度。到了西部似乎又经历了一次灵魂的大解放。记得参加纪廉教授的讨论课时，每到四十分钟，秘书一定准时端上一杯咖啡，并照例要说："教授，请喝咖啡。"于是课间休息。在伯克利可就完全不同了！记得在伯克利大学听第一课，忽听得背后呼哧作响。回头一看，坐着一只大狗！这里学生带狗上课好像习以为常。教授上课，有时就跨坐在桌子边，学生爱发问就发问，师生之间无拘无束，常开玩笑，更没有什么女秘书来送咖啡。学校里热闹得很，全不像哈佛大学那样安静。广场上，有讲演的，有玩杂耍的，有跳霹雳舞的，有穿黄袈裟剃光头高呼"克利希纳"蹦蹦跳跳的。还有一位女诗人每天总在一定的时候出现，穿一身黑，沿路吹肥皂泡。校门口到处都是卖食物的小摊，各国食品都有，简直是个国际市场。这里的人们似乎都不喜欢在食堂吃饭，大家都愿意把饭端到温暖的阳光下，就地坐在台阶上吃。我和他们谈起哈佛大学的"高桌"，他们全都嗤之以鼻，仿佛我是一个傻瓜。其实，比较起来，我更喜欢伯克利，我觉得这里更适合我的本性。在伯克利，我觉得自在多了。人们都很随便，几乎看不见什么西装笔挺、装模作样的打扮。

我的学术顾问是著名的跨比较文学系和东亚系的

西里尔·白之教授。他对老舍和徐志摩的研究，特别是对他们与外国文学的关系的研究都给了我很大的启发。他对元、明戏剧传奇的研究也提供了全新的学术视野。我很喜欢参加白之教授的中国现代文学讨论班。印象最深的是有一次讨论赵树理的小说《小二黑结婚》。同学们各抒己见，谈各自对书中人物的看法。一位美国学生说，她最喜欢的是三仙姑，最讨厌的是那个村干部。这使我很吃惊。三仙姑是一个守寡多年，还要涂脂抹粉、招惹男人的四十多岁的农村妇女，一般被认为是一个"坏女人"；村干部训斥三仙姑，则被认为是反对伤风败俗，主持正义。但这位美国同学也有她的道理：她认为三仙姑是一个无辜受害者。她也是人，而且热爱生活，她有权利追求自己喜欢的生活方式，却受到社会歧视和欺压；而村干部则是多管闲事，连别人脸上的粉擦厚一点也要过问，正是中国传统的"父母官"的模式。我深感这种看法的不同正说明了文化和社会价值观念的不同。这种不同不仅无害，而且提供了理解和欣赏作品的多种角度。正是这种不同的解读才使作品的生命得以扩展和延续。这个讨论班给我提供了很多这类例子，使我在后来的教学中论及接受美学的原理时有了更丰富的内容。

在白之教授的协助下，我在伯克利写成了一本《中国小说中的知识分子》，这是我得到伯克利大学奖助金所承担的义务。后来，这本书作为伯克利大学"东亚研究丛书"之一用英文出版。我对白之教授怀着很深的友情，特别是他对他妻子的一往情深使我对美国知识分子的婚姻生活有了另一种看法。白之教授和他的夫人青梅竹马，年幼时就在英国的农村相识，经过几十年颠沛流离，爱情却始终如一。当然，他们之间所有的也许已不是那种年轻人的激情，但从他们的眼神里，可以清楚地看到那种理解、信任、温存和爱。前几年，听说白之夫人得了重病，白之教授已辞去职务，和夫人一起隐居伯克利山中。记得当年白之教授带我在伯克利爬山时，我曾问起他对年老和死亡的看法。他很豁达，隐居正是他计划中的事。

通过白之教授的介绍，我见到了心仪已久的刘若愚教授。他邀请我到斯坦福大学去做一次讲座。我们一见如故，课后他请我吃饭，在座只有我们两个。他喝了很多很多酒，我原来就觉得他是魏晋名士中人，进一步接触，更有这种感觉。由于我不会喝酒，他很嘲讽了我一番。他说，没有酒，哪有诗？他一边自斟自酌，一边很高兴地和我闲聊。酒和友情常常使人容易打开心扉。刘若愚教授告诉我他的妻子是英国人，如今已离异，还居英伦。他们的女儿已长大成人，今年考大学。

他希望她上哈佛大学，但她却一心要去英国寻找母亲。沉默了很长一段时间，我也不知道该说什么。又喝了两三杯，他告诉我，他女儿患有白血病，脾气很怪诞。饭后，刘若愚教授邀请我去他家喝一杯咖啡。他一进门就喊女儿的名字，但没有人答应。房间很大，显得十分空旷，一只小黑猫在咖啡桌上打瞌睡。这里的气氛和白之教授温暖的家简直太不相同了！虽然房子的外表同样是美丽的洋房、宽阔的阳台、碧绿的草坪！刘若愚教授在学术上卓有成就，几乎研究中国文学理论的人，都不能不参考他的《中国诗学》和《中国文学理论》。我很难想象像他那样一个绝顶聪明、极富生命活力的人如何能忍受那样的孤独、寂寞，以至空虚！数年后，我在加拿大得知他去世的噩耗，不禁潸然泪下。他还没有活到六十岁，真是英年早逝！今天，我进一步研究比较诗学时，一翻开他的书，他的音容笑貌还总在心中萦绕。

当然，在伯克利最难忘的，还是卡洛琳一家。卡洛琳不懂中文，我的英语完全不足以表达我的内心，但我们却能相互理解，这不能不说是一个奇迹。卡洛琳是一个富于感情的人，她对我过去的遭遇深感同情。我也十分喜欢她那原来很和美的家。我感到自己长久以来，已很少和人有过这样深刻的内心交往。我深爱卡洛琳的小女儿，她来到这个世界上只有几个月，已是非常任性，眼睛里闪耀着野性而热烈的光芒。她和我所熟知的中国孩子极不相同。后来，我慢慢领悟到，中国孩子和美国孩子的这种差别也并不是天生的。在中国，按照传统习惯，孩子一出生，就要用带子把婴儿用棉被裹着捆绑起来。母亲们说，这样孩子的身体才会笔直不弯。美国母亲却从来不捆她们的孩子，而让他们仰面朝天、手脚乱动。卡洛琳总是让她的女儿在地上乱爬，我最看不惯。孩子弄脏手怎么办？孩子捡脏东西放进嘴里怎么办？孩子把指头伸进电源插头怎么办？卡洛琳却说她宁可把地板擦干净，把电源插头封死，在高处另安插头。孩子稍大，卡洛琳开始没完没了地问小女儿每顿饭愿意吃什么，每次都有四五种花样供她选择，并从不喂她，很早就让她自己吃。尽管每次吃饭都是弄得满脸、满手、满地，她爱吃多少就吃多少。中国可不是这样。记得小时候吃饭，母亲总要告诫我们：不许挑三拣四，做什么吃什么，不许剩饭。美国孩子大多数两三岁还一天到晚绑着尿布，我不无自豪地对卡洛琳说，中国孩子三四个月时就不再用尿布了，父母严格训练他们按时大小便。卡洛琳却说这种训练侵害了孩子的自由发展，养成了中国人过早控制自己的、压抑的性格！尽管我们有许多分歧和争论，我仍然十分怀念那些美好的日子。

我的住处就在卡洛琳家附近。我们大清早，在孩子们起床前，沿着伯克利山脊跑一段，然后，我回家念英语，她回家做早饭，打发大孩子上学。九点钟我们坐下来一起写作，小女儿就在旁边乱爬。

我们就这样写出了我们共同的著作。我没有想到我的那本二十年回忆录会出版，我写那本书的时候，只是想留下一页真实，让后来的人们知道，曾经有这样一段历史时期，人们竟是这样生活、这样思考、这样感觉的！那时还是1982年，谁也不知道中国会朝着哪个方向发展，也不知道说了这些实实在在的真话会得到什么结果。卡洛琳告诉我，美国银行开办一种业务，你可以在那里租一个小信箱，把你的秘密安全地放在那里，所花的钱并不太多。卡洛琳还答应帮助我照管，也许等到我死后再把这些话说出来！于是我们每天早上坐下来写我的回忆。这本书能写出来，也真是一个奇迹。卡洛琳完全不懂中文，而我的英文也常常支离破碎，词不达意。也许我们依靠的正是内心的理解和感应。卡洛琳从不厌倦地提出各种各样的问题，从我的真诚而不免散漫的回答中努力捕捉我的思绪。当时并不考虑出版，说话也就随兴之所至，没有什么顾虑。没有想到中国发展这么快。两年过去了，似乎去银行租一个小信箱的计划已没有什么必要。1984年，就在我回国前夜，我和卡洛琳决定将这本书交予美国加州大学出版社出版，书名就定为 *To The Storm*。

由于我确实毫无讳饰地真诚袒露了我的心，这本书得到了许多人的同情。1985年一出版就引起了出版界的重视。美国的《纽约时报》《洛杉矶时报》《基督教科学箴言报》、英国的《伦敦电讯报》、德国的《法兰克福邮报》、加拿大的《汉密尔顿邮报》等二十多家报章杂志都先后发表了书评，给予相当高的评价。第二年，德国著名的谢尔兹出版社出了德文版，书名改为《当百花应该齐放的时候》，内容没什么改变。同年，这本书荣获美国西部的"湾区最佳书籍奖"。我想这主要应该归功于卡洛琳优美而流畅的文笔。最令人高兴的是，事隔多年，这本书竟还能引起日本著名汉学家、东京大学教授丸山昇先生的兴趣。在他的亲自主持下，丸山松子夫人和原在我任教的留学生班就读、现在横滨大学教书的白水纪子教授，已合作将此书译成日文，1995年由日本岩波书店出版。

我认为这本书的价值就在于真实。正如著名的国际友人、二十世纪三十年代在中国工作过十余年的约翰·谢维斯在为本书所写的长序中所说："这本书之所以伟大，就在于它远不是一系列恐怖事件的记录，她的叙述真诚而敏感，在她看来，错误并不都在一面，而是由于许多个人无能为力的、错综复杂的历史的机缘所造成。作为一个坚忍不拔、蕴藏着无限勇气和力量的女人,作为一个永不屈服的母亲,在不可思议的痛苦和考验面前,她保存了她的家庭、她的孩子和她自己的未来……她的骇人的经验给了我们一个人类不屈灵魂的例证,其意义远远超越具体的时代和地区。也许她经历的事件很难和别的地方相比,然而哪一个国家又不曾有过充满着无法容忍的暴力的历史阶段呢?"我想,正是他所说的这些原因,这本书一直被很多大学选作讲授中国现代史的补充教材,至今我还常常收到国外学生寄来的和我讨论一些有关问题的远方来信。

(注:乐先生在海外出版过一本自传,书名就很有个性色彩:《我就是我——这历史属于我自己》。这本书的英文名称是 *To The Storm*,还曾分别被翻译成日文与德文,德文版书名翻译为中文是《当百花应该齐放的时候》。其大陆版的书名,则是《九十年沧桑》。——张辉)

# 美丽的治贝子园

治贝子园——北大校园的最后一座皇家故园就要被拆迁了！环绕着它的五棵百余年老树（其中一棵树龄在两百岁以上）也要被移往他处。北京大学决定在这里修建一座乒乓球馆以迎接2008年的"人文奥运"。

北大校园曾有过好几处清代皇家园林，如皇族诗人奕譞在此吟诗作画的鸣鹤园，现在除了一块小小的石碑、一湾小小的石桥，早已全无踪影。人世变迁，沧海桑田，本是常情，但偏偏有不甘于历史被湮灭的人，如美国威斯里安大学的舒衡哲教授，对此多方考察，追述了鸣鹤园从皇族故居，演变为"文化大革命"时期关押北大教授的"牛棚"，再演变为今天由美国人出资修建的赛克勒博物馆，穿插着奕譞思考人生、点染景色的诗歌，成就了一本厚厚的英文书，书名就是《鸣鹤园》。

目前幸存的治贝子园的命运似乎比鸣鹤园稍强一些。治贝子园是工部尚书苏楞额在嘉庆二十二年（1817）建造的，时称"苏大人园"或"苏园"。清代著名诗人龚自珍与苏楞额之孙兰汀郎中交往甚密，曾游览并寓居园中，著有《题兰汀郎中园居三十五韵》及《寓苏园五日诗二首》。他在诗中曾描写苏园位置，并盛称苏园之美。他说，"园在西淀圆明园南四里，淀人称曰'苏园'"，"有园五百笏，有木三百步。清池足芰荷，怪石出林樾。禁中花月生，天半朱霞曙"。足见苏园当时的美丽和规模。同光年间，道光皇帝长孙载治封贝勒，得苏园，遂改称"治贝子园"。溥伦曾首次率中国代表团赴美参加世博会，并于1907年与京师大学堂（北大前身）创办人孙家鼐同任资政院总裁。他在治贝子园中，常聚众习武练功，有书记载，太极拳经其扶植，才从陈家沟扎根于北京，并由此辐射全国。如今太极拳列入奥运项目，治贝子园正是其发祥故园。

载治第五子、袭镇国将军的溥侗酷爱艺术，是著名的京剧和昆曲艺术教育大师、文物专家、音乐家、清华大学国学院导师。他曾与严复共同创作了中国历史上第一首国歌《巩金瓯》。载治死后，治贝子园为溥侗所有，他在这里组建了演习京昆的戏班，修建了演出的大舞台，成为当时文人雅士京剧昆曲艺术的活动中心。治贝子园又称"红豆馆"，在中国戏剧史上具有重要影响。

二十世纪五十年代后,园中的建筑多遭毁坏,该园仅存的"后殿"先后成为北大的体育器材室、学生食堂、木工车间、堆放杂物的仓库等,后来又拆毁了大戏台,改建成游泳池,记得在修建过程中,还挖出一具女性骸髅,人们说是一位公主。总之,昔日的辉煌早已成为记忆。

1995年仲夏,经过著名学者台湾大学陈鼓应教授的奔走,出于对传统文化的热爱,一位台湾中学校长出资二十万美元,让北京大学中国哲学暨文化研究所重新修缮了治贝子园原址,使其成为面向国内外弘扬中国文化的人文教室。凡是来过治贝子园的中外学人,无一不对这座体现着中国建筑艺术、洋溢着人文书香的四合院赞誉有加。一位法国雕塑家还曾建议在院中修筑一座小型艺术雕塑,和他在美洲、欧洲的类似创作相呼应。

难道美丽的治贝子园——北大校园的最后一座皇家故园真的即将随鸣鹤园而去,从此湮灭吗?2004年2月9日,季羡林、侯仁之、张岱年、吴良镛等文化耆宿、专家联名致信有关部门:"治贝子园距今已有两百年历史,是一座典型的清代园林建筑。它的价值不仅体现于建筑形式,也体现于该园在其历史变迁中所嵌刻的时代烙印及其所凝聚的历史人物活动和人文艺术景观;其所蕴含的历史文化和文物信息非一般古建房屋可比,如果拆迁,将是北京的一大损失，也是历史的一大损失。哪怕在异处仿建十座，也无法弥补。因为仿建最大的不足，是历史的失真。这一失真的本质与历史学家伪造历史或艺术家创造赝品一样，是没有任何历史和艺术价值可言的。我们强烈呼吁：为后人负责，为历史与艺术负责，为中华民族的文化负责，勇敢地承担起保护治贝子园的责任！乒乓球馆的建设用地可以有选择余地，而治贝子园一旦拆除，将永远不能复原！"

中国文化界最顶尖的专家都在为治贝子园说话了，也许，他们能改变这片故园的命运？

（注：由于许多老教授的呼吁，治贝子园存留下来了。对于他们积极保护文物的行为，北京市文物局还写了一封诚挚的表扬信。）

# 忧伤的小径

要说描绘燕园之美,我想当今是没有一个人能赶得上季羡林先生的了。在先生笔下,燕园的美实在令人心醉。"凌晨,在熹微的晨光中,……初升的太阳在长满黄叶的银杏树顶上抹上了一缕淡红";暮春三月,办公楼两旁的翠柏"浑身碧绿,扑人眉宇,仿佛是从地心深处涌出来的两股青色的力量。喷薄腾越,顶端直刺蔚蓝色的晴空"。两棵西府海棠"枝干繁茂,绿叶葳蕤","正开着满树繁花,已经绽开的花朵呈粉红色,没有绽开的骨朵呈鲜红色,粉红与鲜红,纷纭交错,宛如天半的粉红色彩云";还有那曾经笑傲未名湖幽径的古藤萝,初绽出来的一些淡紫的成串的花朵,还在绿叶丛中微笑。我最喜欢的是先生笔下的二月兰!二月兰是一种常见的野花,花朵不大,紫白相间,花形和颜色都没有什么特异之处。然而，每到春天，和风一吹拂，校园内，眼光所到处就无处不有二月兰在。这时，"只要有空隙的地方，都是一团紫气，间以白雾，小花开得淋漓尽致，气势非凡，紫气直冲云霄，连宇宙都仿佛变成紫色的了"。

先生居住在未名湖后湖之滨的朗润园多年，每天在这沿湖的小径上散步，欣赏着四周美丽的景色。1997年，我也从中关园搬来，成了先生的近邻。但我已无缘再看到当年先生所写的美景。那棵"笑傲未名湖幽径"的古藤萝早已被人拦腰砍断，两棵"枝干繁茂，绿叶葳蕤"的西府海棠也已不见踪影。曾经"气势非凡，紫气直冲云霄"的二月兰，如今只剩下稀稀落落的几小丛，散布在癞痢头一般的荒草地上。随便进入北大校园剜野菜的人实在太多了，吃野菜也成了时尚！二月兰首当其冲，它碧绿鲜嫩，又常是成片生长，便于人们一网打尽！

如今，先生已离我们远去，碧绿的未名湖后湖好像哭干了眼泪，已经全然干涸；先生手植、被周一良教授命名为"季荷"的荷花，曾经年年盛开，去年独独只开三朵，恰似为先生送行；今年由于湖水全无，湖底杂草丛生，勤劳的人们早已种上了老玉米。可怜的"季荷"已是玉殒香消，踪影全无。我不忍再走这条小径，我不能不想起先生的生前身后，物是人非，心里总是涌现出两句诗："好景已随先生去，此处空余朗润楼！"

# 我们的书斋

我们家的藏书在北京大学里虽说数不上状元,但总也能算得上个探花、榜眼什么的。汤家家传的书,除分赠南京大学、武汉大学外,还存一批线装书,但不到我们目前藏书的十分之一。我父亲留给我的书不多,但有几本相当精彩:如一卷《敦煌写经》,那是他二十世纪二十年代在北大念书时,从皇宫附近一个卖破烂的小摊上买来的,也不知是真是假;另外还有一本明版的《牡丹亭》,这是他送给我和汤一介的结婚礼物。另外,新中国成立前夕,没人读书,更没人买书,甚至没人要书,汤一介趁机买进了一批他喜欢的珍贵书籍。二十世纪八十年代初,我们在美国和中国香港,几乎把手中的外汇都买了英文书和台湾书。此外,就是陆续买进的国内出版的各种书籍了。反正我学文学,他学哲学,历史书是我们都需要的。于是，凡有文、史、哲的新书好书，我们就都想买。钱不多，也常为买文学书还是哲学书的问题吵架。后来，孩子大了，负担轻了，钱也多了一些，买书就不免随心所欲起来，送书的人也越来越多，我们的书也就源源不绝。

这么多书，往哪里摆？"文化大革命"时期，我们被轰出燕南园，在中关园一住就是三十年。先住三十五平方米和人分住的小平房，后住五十平方米左右的楼房，我们家的空间几乎全被书籍占满了。四壁全是顶天立地、里外三层的厚木书架。书，先是立着放，后是横着摆，再后来，就摞成一堆一堆的，塞满了书架的全部空间！

当然，我和老汤都愿意把自己爱用和常用的书放在显眼、好拿的地方，可是这种地方有限，该放谁的书呢？在这种争执中，我常常打胜仗，因为：第一，他个儿高，我个儿矮，他得让我三分；第二，我很少看哲学书，他却常看文学书，从利用频率来看，哲学也该让着文学；第三，我会耍赖皮，他拿我没有办法。这样一来，他的书大半被驱逐到了非用梯子拿不到、非搬开前两层瞧不见的"流放地"。他这个好脾气的人有时也难免发牢骚，嘟囔几句："这么难找，还不如到图书馆去借呢！"我也有点为我的跋扈惭愧，但也无法可想；况且，我还有一面挡箭牌："我早就说'处理'掉一批，谁叫你不听?"

汤一介真是一个嗜书如命的人,一本破书也不舍得扔。他总认为哪一本书说不定什么时候就会成为"世界唯一"的珍品。说也奇怪,我们家历经劫难,书的损失却说不上惨重。除了老先生一辈子珍藏的许多成套佛经在"文化大革命"中每函被红卫兵抽一本去检查,从此杳无音信外,就是我们在最穷的时候(穷到四个人吃一枚鸡蛋),卖掉了一套武英殿版的《全唐文》。记得卖了六百元人民币,解了燃眉之急。汤一介对此念念不忘,总说这是老先生省吃俭用,好不容易买来的。我永远不会忘记他呆呆地看着那一格空荡荡的书架时满脸的怅惘。后来,他一直想把这套书重新买回来,但几十倍的价钱也买不回来了,只好买了一部铅印本。

托改革开放之福,我们终于搬到了较为宽敞的朗润园。虽然使用面积仍不过八十平方米,但我们兴高采烈地计划着如何从"坐埋书城"一跃而为"坐拥书城"!装修时,我们将两个大房间的六面墙全都装成下接地板、上接天花板的书架,大部分单层,小部分双层;又按书册大小将书架设计为高低不同的许多书格,以便不留缝隙地占满全部空间。这回,他的书占一间房,我的书占一间房,似乎应该不再有什么矛盾。然而,事与愿违,当全部书架都被堂皇的大书占领后,纸箱里却几乎还有一半书籍无处容身！真没想到原来三层排列的书，一旦排成单列，却还剩余如此之多！幸而我们住在中关园时曾经租了园内一间小空屋堆放杂志，现在只好把放不下的书全往那里堆，堆不下的则借放在文化书院的办公室。

总而言之，我们的书越来越多，有增无减。我总担心会压垮书架，压坍楼板（我们住在二楼）。况且医生多次说过，旧书散发出来的气味对人体健康不利，对汤一介这样的心脏病人尤其有害。然而，我们不能没有书！我们既不能卖书，又不能扔书，甚至也不能不买书，奈何？！

# 同行在未名湖畔的两只小鸟

在北京大学燕园,人们常常看到,黄昏时分,有两位老人绕着未名湖漫步同行。他们绕着这个"有名"的湖不知有多少圈了,还会再绕着同行,也许十年,也许更长的时间。

时间已经过去了五十多年,他们绕着这个湖走了一圈又一圈,从青年到中年,又从中年到老年。这湖,这湖边的花树,湖边的石头,湖边的靠背椅,湖边树丛中的鸟,都一一引起他们的回忆:他们在湖上无忧无虑地溜着冰;他们刚会走路的小女儿跟着年轻的父亲走在小径上,留下一张有着他们背影的照片;他们看着儿子在冰球场上横冲直撞;他们推着坐在轮椅上的年老的汤用彤先生绕湖观赏春天的美景;他们也常倾听着湖边音响中播放的中外古典音乐,悠然神往。春天,他们找寻湖边的二月兰;秋天,他们欣赏湖岸不知名的黄花。他们绕湖同行,常常也会触景生情:湖的这边曾有他们的学生跳水自尽；湖的那边埋葬着他们所钟爱的一个学生的骨灰；湖边的小桥是他们两人中的一个被隔离审查时离别的分手处；湖畔的水塔边，他们曾看到两位老教授背着大黑铁锅，游街示众，脖子上划出深深的血痕……

绕湖同行，是无尽的回忆，也是当下的生活。他们边散步，边辩论应如何解释"有物混成"，探讨多种文明共存是否可能；他们议论理查德·罗蒂在上海的演讲，也回忆与杜维明和安乐哲在湖滨的漫谈；他们还常共同吟味《桃花扇》中一曲《哀江南》所写的"眼看他起朱楼，眼看他宴宾客，眼看他楼塌了"。他们多次设计着如何改变当前忙乱的生活，但生活依然忙乱如旧；他们常说应去密云观赏红叶，但红叶早已凋零，他们仍未成行。他们刚把《同行在未名湖畔的两只小鸟》编好，又计划着为青年们写一本新书，汇集自己人生经验的肺腑之言。他们中的一个正在为顺利开展的《儒藏》编纂工作不必要地忧心忡忡；另一个却对屡经催逼仍不能按期交出的书稿而处之泰然。这出自他们不同的性格，但他们就是这样同行了半个世纪，这是他们的过去、他们的现在，也是他们的未来。

未名湖畔的两只小鸟，是普普通通、飞不高也飞不远的一对。他们喜欢自由，却常常身陷牢笼；他们向往逍遥，却总有俗事缠身！现在，小鸟已变成老鸟，但他们依旧绕湖同行。他们不过是两只小鸟，始终同行在未名湖畔。

辑三

那些自由的精魂

# 献给自由的精魂
## ——我所知道的北大校长们

北大自由精神的奠基者蔡元培校长早就指出大学不是养成资格、贩卖知识的地方，也不只是按时授课的场所，"大学为纯粹研究学问之机关"，"大学学生，当以研究学术为天责"，学者更"当有研究学问之兴趣，尤当养成学问家之人格"。他抱定学术自由的宗旨，在北大实施了一系列改革。正如梁漱溟先生所回忆："他从思想学术上为国人开导出一新潮流，冲破了社会旧习俗，推动了大局政治，为中国历史揭开新的一页。"梁先生特别强调这一大潮流的酿成，"不在学问"，"不在事功"，而在于蔡先生的"器局大"和"识见远"。之所以能"器局大""识见远"，又是因为他能"游心乎无形的超实用的所在"。这个"游心乎无形的超实用的所在"讲得特别好。

大凡一个人，或拘执于某种具体学问，或汲汲乎事功，就很难超然物外、纵观全局，保持清醒的头脑。中国知识分子素有"议而不治"的传统，一旦转为"不议而治"，那就成了实践家、政治家，而不再是典型的知识分子。法国社会学家埃德加·莫兰（Edgar Morin）认为可以从三个层次来说明"知识分子"一词的内涵：一、从事文化方面的职业；二、在社会政治方面起一定作用；三、对追求普遍原则有一种自觉。"从事文化方面的职业"大约就是马克思在《剩余价值论》中所讲的"精神生产"。"在社会政治方面起作用"就是构筑和创造某种理想，并使它为别人所接受。卡尔·曼海姆（Karl Mannheim）认为，理想可以塑造现实，可以重铸历史，对人类社会发展具有实际影响。"自觉追求普遍原则"就是曼海姆所说的，知识分子应保留一点创造性的不满的火星、一点批判精神，在理想与现实之间保持某种"张力"。也就是朱利安·班达（Julien Benda）所说的，知识分子理想的绝对性禁止他和政治家难以避免的半真理妥协，和塔尔科特·帕森斯（Talcott Parsons）所说的"把文化考虑置于社会考虑之上，而不是为社会利益牺牲文化"。列宁认为"社会主义学说是由有产阶级出身的那些受过教育的分子，即知识分子所制定的哲学理论、历史理论以及经济理论中长成的"，它是知识分子长期精神生产的结果，而不是暂时的政治斗争的产物。

北大的校长们,很多都曾有过不和"政治家难以避免的半真理妥协"的经验,他们总是敢于"在理想与现实之间保持某种张力"。直到今天,每当我们困扰于计划生育的两难境地,我们总是不能不想起马寅初校长和他的《新人口论》。1957年马校长将他多年来思索的结晶《新人口论》按正规手续提交全国人民代表大会第一届第四次会议,指出控制人口十分迫切、十分必要。他语重心长地警告说:"人口若不设法控制,党对人民的恩德将会变成失望与不满。"回答他的,是"百人围剿",他十分愤慨地写了《重申我的请求》一文,鲜明地表现了一个杰出知识分子坚持真理的悲壮之情。他说:"我虽年近八十,明知寡不敌众,自当单身匹马,出来应战,直至战死为止,决不向专以力压服、不以理说服的那种批判者们投降。"如果马校长当时所面对的政治家多少能听取一点不囿于眼前实利而从长远出发的真知灼见,马寅初对中国社会文化的贡献将无可估量。马寅初之所以能高瞻远瞩,从某种程度来说也正因为他不是一个实行者,他只是一个知识分子,他的位置是"议而不治"。这就使他可以摆脱一些局部和暂时利益的牵制,不需要屈从于上级而以自己的独立思考和智慧造福社会。

相反,北大也有些校长,他们同时是朝廷重臣,如孙家鼐,他虽有开明的思想,也有重振国威、兴办教育的志向,但他毕竟是"官",所以和康有为、梁启超不同,终于不能越政府的"雷池"。严复,这位向西方寻找真理的先进中国人被袁世凯拉入政府,脱离了"议而不治"的地位,就无可避免地屈从于实际政治,卷入复辟逆流。作为知识分子的杰出代表,北大的大部分校长都"把文化考虑置于社会考虑之上",对于文化都怀着极深的关切。九十年来,再没有比"中西古今之争"这个百年大课题更引人注目、更得到全国关切的文化问题了。如果说孙家鼐囿于他的地位,只是把中西文化关系局限在"中学为主,西学为辅"的层次上,那么,严复提倡的却是"非西洋莫以师"。他的《天演论》之问世,如"一种当头棒喝""一种绝大刺激"以致"几年之中,这种思想像野火一样延烧着许多少年人的心和血"。严复所考虑的是更深的文化关切。他超越了"师夷长技"的"言技"阶段,并提出当时盲目移植西方政治制度的做法有如"淮橘为枳",不能真收实效。因为"民力已苶,民智已卑,民德已薄,虽有富强之政,莫之能行"。故要"自强保种""救亡图存",不能只是"言政",还要从根本做起,即"鼓民力、开民智、新民德",以教育为本,也就是从文化方面来解决问题。

　　胡适进一步把中西文化关系放进时间的框架来考察。他认为,文明是一个民族应付环境的总成绩,文化是一种文明形成的生活方式。因此,东西文化的差别实质上是工具的差别。人类是基于器具的进步而进步的。石器时代、铜器时代、钢铁时代以及机电时代都代表了文化进化的不同阶段。西方已进入机电时代而东方犹处于落后的手工具时代。西方人利用机械,而东方人则利用人力。他尖锐地指出:"东西洋文明的界线只是人力车文明与摩托车文明的界线。"工具越进步,其中包含的精神因素也越多。摩托车、电影机所包含的精神因素要远远大于老祖宗的瓦罐、大车、毛笔。"我们不能坐在舢板船上自夸精神文明,而嘲笑五万吨大汽船是物质文明。"胡适认为中西文化的差别首先不是地域的差别而是时代的差别,也就是进步阶段的差别。因此中国传统文化需要进行根本改造与重建,以便从中世纪进入现代化。

梁漱溟不仅从纵向的历时性角度来考察中西文化,而且第一次从西方、印度、中国三种文化系统的比较中,从世界文化发展的格局中来研究中国文化。他认为这三种文化既是同时存在而又是递进发展的。西方文化取奋身向前、苦斗争取的态度,中国文化取调整自己的意欲、随遇而安的态度,印度则取"消解问题"、回头向后的态度。梁先生认为西方文化已经历了它的复兴,接下来应是中国文化的复兴,然后是印度文化的复兴。三种文化各有特点，同时也代表着人类文化发展的三个阶段。中国文化应在自己的基础上向西方已经到达的那个阶段发展，因此对西方文化的态度应是"全盘承受而根本改过"。西方文化则由于第二阶段发展不充分，出现了种种弊病，应回头向中国文化学习、补课。

从世界格局来研究中国文化就有一个相互交流的问题。汤用彤先生特别强调了文化交流中的"双向性"。他认为两种文化的碰撞绝不可能只发生单向的搬用或移植。外来文化输入本土，必须适应新的环境，才能在与本土文化的矛盾冲突中生存繁衍，因此它必然在某些方面改变自己的本来面貌；另一方面，在这个过程中，它又必然被本土文化吸收融合，成为本土文化的新成分。无论是外来文化还是本土文化都不可能保持原状而必融入新机，这就是文化的更新。汤先生以毕生精力研究了印度佛教和中国文化的关系，处处证实了"印度佛教到中国来，经过很大的改变，成为中国的佛教，乃得中国人广泛的接受"。他将这一过程归结为因"看见表面的相同而调和""因为看见不同而冲突""因再发现真实的相合而调和"三个阶段。这三个阶段既是同时的先后次序，也是一般的逻辑进程。汤先生毕生从事的魏晋南北朝佛教史和魏晋玄学的研究都可视为对这一结论的印证。直到如今，这一论断仍不失为有关中外文化沟通汇合的真知灼见。

文化传统就是这样在不断吸引、变化和更新的过程中发展的。这是一个动态的过程。任何文化传统都不是固定的、已成的（things become），而是处于不断形成的过程之中（things becoming）。它不是已经完成的"已在之物"，只要拨开尘土就能重放光华；更不是一个代代相传的百宝箱，只消挑挑拣拣，就能为我所用。传统就是在与外界不断交换信息、不断进行新的诠释中形成的，传统就是这个过程本身。如果并无深具才、识、力、胆的后代，没有新的有力的诠释，文化传统也就从此中断。

季羡林先生对这个问题进行了深邃的思考和精到的发挥。他在《传统文化与现代化》一文中指出，传统文化代表文化的民族性（我认为这就是上述文化传统形成过程中积淀下来并不断发展的某些因素——笔者），现代化代表文化的时代性。一切民族文化都须随时代发展而更新。季先生认为这二者相辅相成，不可偏废。现代化或时代化的标准应是当时世界上文化发展的最高水平，任何文化的现代化都必须向这一最高水平看齐。因此，现代化与开放和交流密不可分。在这个过程中，正如汤用彤先生所论证，外来文化必有改变，传统文化也必得更新。二者都不可能原封不动，否则就只能停滞和衰退。季先生认为我国汉唐文化的繁荣，其根本原因就是一方面发展了汉民族的传统文化，一方面又大力吸收了外国的物质和精神文明并输出我国的传统文明。反之，清朝末年的保守派一方面对传统文化抱残守缺，一方面又拒绝学习国外先进的东西，畏惧时代化和现代化，结果是国力衰竭、人民萎缩。未来的希望就在于赶上当前世界文化发展的最高水平，并在这一过程中对过去的文化进行新的诠释。

回顾过去历届北大校长对文化问题的看法，对我们今天有关文化问题的讨论仍是极好的借鉴。

北大的自由精神容纳了人们对真理的追求，容纳了几十年人们对文化问题的自由讨论，同时也容纳了个人人生信念爱好的不同。"夫物之不齐，物之情也。"蔡元培时代的北大就容纳了许多完全不同的人物。正如马寅初校长所回忆："当时在北大，以言党派，国民党有先生及王宠惠诸氏，共产党有李大钊、陈独秀诸氏，被目为无政府主义者有李石曾氏，憧憬于君主立宪、发辫长垂者有辜鸿铭氏；以言文学，新派有胡适、钱玄同、吴虞诸氏，旧派有黄季刚、刘师培、林损诸氏。"这些人都可以保留自己独特的思想和信念，不必强求统一。正是这种不统一，才使蔡元培时代的北大如此虎虎有生气。"不同""不统一"，保存自身的特点，维持相互的差异对于事物的生存和发展十分重要。

第二次世界大战后,世界文化发展的总趋势就是全球意识背景下的文化多元发展。这是世界进入信息时代、帝国主义垄断结束的必然结果,也是二十世纪后半叶无可抗拒的时代特征。特别是与进化论相对的耗散理论、"熵"的概念的提出,更是在今天的西方世界形成了一种对模式化、一元化、"无差别境界"的深刻恐惧。熵的理论认为在一个封闭系统里,能量水准的差异总是趋向于零。例如不同平面的河水,可以利用落差驱动水轮,可以发电,这是有效的、自由的能量;一旦落差消除,水面平衡,能量就转为无效和封闭。这就是说,无差别的、封闭性的一种模式、一个体系、一个权威,即一元化只能导致静止、停滞和衰竭。能量不断耗散而趋于混沌一致的过程,也就是作为衡量这一混沌程度的单位的熵日益增大的过程。只有形成开放系统不断和外界进行信息交换,力求独特、差别和创新,才有可能维持生命活力而不至于成为庄子所描写的那个无"七窍"、不能"视听食息"的名叫浑沌的怪物。如果事物越来越统一,熵越来越大,人类就会在一片无争吵、无矛盾的静止、混沌之中沉入衰竭死寂。因此,人们把刻意求新、不断降低"熟悉度"、追求"陌生化"的作家称作"反熵英雄"。"四人帮"统治下的北大追求所谓认识统一、思想统一、行动统一等"五个统一",和蔡元培所开创的自由精神背道而驰,结果是扼杀了创造性,戕灭了生机。一切归于一致,也就归于静止衰竭。九十年来,北京大学的校长们,从蔡元培、马寅初、翦伯赞到季羡林,都曾为维护这种独特性、创造性,不苟同、不随俗而付出过昂贵的代价直到生命尽头。他们是自由的精魂,他们的功业将没世永垂。

目前,一个新的历史时期正在我们眼前展开。面向世界、面向现代化、面向未来的方针为我们古老的民族注入了无穷的生命力;开放搞活的政策为彻底摧毁昔日"万喙同鸣,鸣又不揆诸心"的封闭体系提供了最有力的武器。正是在这样全民共振奋的形势下,北大当任校长率先提出了把北大建设成世界第一流大学的壮志宏图,果真如此,则今日北大人将无愧于往昔自由精神之先驱。

值此北大校庆九十周年之际,谨以中国文化书院之名义,将此奉献于已故的、在世的、方生的和未生的北大之魂。

# 怀念马寅初校长

我曾经有幸和马寅初校长做了数年邻居,常常看见他在林木茂密的燕南园庭院中漫步。已是七十余岁高龄了,他仍然满面红光,十分硬朗。当时我正青春年少,以为前途满是鲜花绿草,很有一点"直挂云帆济沧海"的心境。没有想到历尽坎坷,一不小心自己也七十高龄了。这时经常萦绕于我心的是两位长者的形象:一位是我一向心仪的季羡林先生,另一位就是马寅初校长。

记得我七十岁退休,第一次拿到退休工资时,想到我已不再是教师,不再有自己的学生,回首从教五十年的经历,真如我的老友彭兰同志的诗,"三十余年转眼过,事业文章两蹉跎",心里不免有点悒悒惶惶。季先生很理解我的心情,他安慰我说,七十岁是人生的另一个新起点。他告诉我他自己的许多书就都是在七十岁以后才写成的，七十岁以前或是"挨整"，或是做许多行政工作，多年没有时间认真做学问。他的话成了我今后生活中最重要的动力。

马校长最让我钦佩并始终难忘的是他对国家、民族的命运深切的关怀。他无时无刻不在思考着国力的贫弱和人民的穷苦。1955年，他已七十三岁，还做了大量调研工作，草拟了一份以控制人口和加强对人口问题的科学研究为主题的报告，准备在当年举行的人民代表大会上发言。没有想到征求意见时，他的想法遭到很多人的反对，有些人甚至反诬他的理论是"反动的"马尔萨斯人口论，竟以"二马"（第二个马尔萨斯）相称。马校长只好暂时撤回报告，更加深思熟虑。1957年他再次将他精心写成的《新人口论》作为一项正式提案，提交全国人民代表大会第一届第四次会议。他指出控制人口十分迫切、十分必要，并语重心长地警告说："人口若不设法控制，党对人民的恩德将会变成失望与不满。"

马校长的提案不仅揭示了真理，富于预见，而且合理合法，按照国家宪法，通过必要程序，提交到我国最高国家权力机关——全国人民代表大会进行审议。然而，回答他的竟是全无理智的"百人围剿"！到了1958年5月，据统计，全国上阵批判他的人已达二百之众，发表的"讨伐"文章多达五十八篇，其中北大人写的就占了十八篇！马校长非常愤慨，他写了一篇文章，这也是他传世的最后一篇文章了。这篇文章题为《重申我的请求》。他说："我虽年近八十，明知寡不敌众，自当单身匹马，出来应战，直至战死为止，绝不向专以力压服、不以理说服的那种批判者们投降。"这几句话始终留在我心底。每当我看到不得不行的、紧迫的计划生育政策给农民带来的痛苦、给国家带来的困扰，我就不能不想起这位年届八十，依然为国家民族奋不顾身的睿智的先知。我常常想，如果八十年代，我国的人口不是十亿，而是八亿，我们的国家会怎样更轻松地腾飞啊！如果马校长当时面对的政治家多少能听取一点不囿于眼前实利而从长远出发的真知灼见，多少尊重一点全民的宪法，马校长的高瞻远瞩会给国家社会带来多么不可估量的贡献啊！特别是现在，当我以"年老""已经退出历史舞台""不在其位，不谋其政"等说法原谅自己与国家社会的疏离时，马校长的精神和他的这些话就在我心中发酵、沸腾。

不幸的是马校长从此被剥夺了发言权，并被迫辞去了北大校长的职务，被赶出了他本来想在此终其天年的美丽的燕南园！

其实，马校长的坚持真理、不畏牺牲，也不是自五十年代才开始。1937年，他就曾以同样的精神向国民党政府提出向发国难财者征收"临时财产税",以补抗战经费之不足,使蒋介石大感掣肘。蒋介石先是想以利诱之,提议请他赴美考察,并委以重任,但他凛然拒绝,发表声明说:"为了国家和民族的利益,我要保持说话的自由。"1939年,他置个人安危于不顾,毅然与共产党人周恩来、王若飞会见,并在蒋介石的陆军大学发表反蒋演说,这大大触怒了蒋家王朝,最终被关进集中营一年零八个月,后来又改为家中软禁,直到抗战胜利。他在获得自由后写的《中国的工业化与民主是分不开的》一文中,不屈不挠,锋芒仍然直指国民党四大家族。后来他又在重庆校场口,与郭沫若、李公朴等一起被打伤。1948年才秘密转移至香港。

回想马校长两度入北大:第一次是1916年,他作为美国哥伦比亚大学优秀博士毕业生,毅然拒绝了哥伦比亚大学的正式聘请,应蔡元培校长之约,回国担任北大经济系教授,并被选为北大第一任教务长;第二次是新中国成立后,1951年,他被任命为北大校长,再次进入北大。他在北大的结局,也许是他始料所不及,说不定也是在他的预料之中。他曾发表过一篇题为《北大之精神》的演讲,他认为:"所谓北大主义者,即牺牲主义也。服务于国家社会,不顾一己之私利,勇敢直前,以达其至高之鹄的。"他给重庆大学学生爱国运动会主席许显忠的题词也是："碎身粉骨不必怕，只留清白在人间。"他长达一个世纪的为人处世的态度都是这些原则的光辉体现！

马校长辞去北大校长一职后，仍然继续着他的献身精神。八十岁高龄的他，仍是笔耕不息，继他对中国工业的多年考察研究之后，又转向农业，写了近百万字的《农书》。遗憾的是为了不使这部巨著落入坏人之手，他不得不于"文化大革命"之初就亲自焚毁了自己的心血。

1979年，北京大学终于洗去了自己的耻辱，召开了盛大的庆祝会，当面向这位历经风雨、一心为国的近百岁老人赔礼道歉，郑重聘请他担任北京大学的名誉校长。然而，时日已逝，马校长，他还能从心里感到宽慰吗？也许他对这一切早已释然、无所挂心了！1982年5月10日，马校长与世长辞，享年一百零一岁。

# 望之俨然，即之也温
## ——我心中的汤用彤先生

我第一次近距离接触汤用彤先生是在 1952 年全校学生毕业典礼上。当时他是校务委员会主席，我是向主席献花、献礼的学生代表。由于我们是新中国成立后正规毕业的第一届学生，毕业典礼相当隆重，就在当年"五四"大游行的出发地——民主广场举行。当时全体毕业生做出一个决定：离校后，每人从第一笔工资中，寄出五毛钱，给新校址建一个旗杆。目的是希望北大迁到燕园时，学校的第一面五星红旗是从我们的旗杆上升起的！毕业典礼上，我代表大家郑重地把旗杆模型送到了汤先生手上。如今，五十余年过去，旗杆已经没有了，旗杆座上的石刻题词也已漫漶，但旗杆座却还屹立在北大西门之侧。

就在这一年，我进入了汤用彤先生的家，嫁给了先生的长子汤一介，他1951年刚从北大哲学系毕业。我们的婚礼很特别，即便是在五十年代初期，恐怕也不多见。当时，我希望我的同学们离校前能参加我的婚礼，于是，我们赶在1952年9月结了婚。结婚典礼就在小石作胡同汤家举办。按照我们的策划，婚礼只准备了喜糖、花生、瓜子和茶水。那是一个大四合院，中间的天井能容纳数十人。晚上八点，我的同班同学、共青团团委会的战友们和党委的一些领导同志都来了，气氛热闹活跃，如我所想。这是一个"反传统"的婚礼，没有任何礼仪，连向父母行礼也免了，也没有请父母或领导讲话。汤老先生和我未来的婆婆坐在北屋的走廊上，笑眯眯地看着大家嬉闹。后来，大家起哄，让我发表结婚演说。我也没有什么"新娘的羞怯"，高高兴兴地发表了一通讲话。我至今还记得大概的意思是说，我很愿意加入这个和谐的家庭，父母都非常慈祥，但是我并不是进入一个无产阶级家庭，因此还要注意划清同资产阶级的界限。那时的人真是非常革命！简直是"左派幼稚病"！两位老人非常好脾气，丝毫不动声色，还高高兴兴地鼓掌，表示认同。后来，两位老人进屋休息，接着是自由发言，朋友们尽情哄闹、玩笑。大家说什么我已不记得了，只记得汤一介的一个老朋友、闻一多先生的长公子闻立鹤，玩笑开得越来越过分，甚至劝告汤一介，晚上一定要好好学习毛主席的战略思想，说什么"敌进我退""敌退我攻"之类，调侃之意，不言自明。我当即火冒三丈，觉得自己受了侮辱，严厉斥责他不该用伟大领袖毛主席的话来开这样的玩笑！大家看我认真了，都觉得很尴尬……我的婚礼就此不欢而散。我和汤一介怏怏不乐地驱车前往我们的"新房"。为了"划清界限，自食其力"，我们的"新房"不在家里，而是在汤一介工作的北京市委党校宿舍的一间很简陋的小屋里。

第二天，汤老先生和老夫人在旧东安市场森隆大饭店请了两桌至亲好友，宣布我们结婚，毕竟汤一介是汤家长子。汤老先生和我的婆婆要我们参加这个婚宴，但我认为这不是无产阶级家庭的做法，结婚后第一要抵制的就是这种旧风俗习惯。我和汤一介商量后，决定两个人都不去。这种行为现在看来确实很过分，一定很伤两个老人的心。但汤老先生还是完全不动声色，连一句责备的话也没有。

毕业后我被分配到北大工作，院系调整后，汤老先生夫妇也迁入了宽敞的燕南园五十八号。校方认为没有理由给我再分配其他房子，我就和老人住在一起了。婆婆是个温文尔雅的人，她很美丽，读过很多古典文学作品和新小说，《红楼梦》和《金粉世家》都看了五六遍。她特别爱国，抗美援朝的时候，她把自己保存的金子和首饰全捐献出来，听说和北大教授的其他家属一起，整整捐了一架飞机。她从来不对我提任何要求，帮我们带孩子、分担家务事，让我们安心工作。我也不是不近情理的人，逐渐也不再提什么"界限"了。她的手臂曾经摔断过，我很照顾她。他们家箱子特别多，高高地摞在一起。她要找些什么衣服，或是要晒衣服，都是我帮她把一个个箱子搬下来。汤老先生和我婆婆都是很有涵养的人，我们相处这么多年，从来没见他俩红过脸。记得有一次早餐时，我婆婆将他平时夹馒头吃的黑芝麻粉错拿成茶叶末，他竟也毫不怀疑地吃了下去，只说了一句"今天的芝麻粉有些涩"。汤老先生说话总是慢慢的，从来不说什么重话。因此在旧北大，曾有"汤菩萨"的雅号。这是他去世多年后，学校汽车组一位老司机告诉我的，他们至今仍然怀念他的平易近人和对人的善意。

汤老先生确实是一个不大计较名位的人。像他这样一个被公认为很有学问、曾经在美国与陈寅恪、吴宓并称"哈佛三杰"的学者，在院系调整后竟不让他再管教学科研，而成为分管基建的副校长！那时，校园内很多地方都在大兴土木。在尘土飞扬的工地上，常常可以看到他缓慢的脚步和不高的身影。他自己并不觉得这有什么不好，常说事情总需要有人去做，做什么都一样。

可叹这样平静的日子也并不长，阶级斗争始终连绵不断。1954年,在《人民日报》组织批判胡适的那个会上,领导要他发言。他这个人是很讲道德的,不会按照领导的意图,跟着别人讲胡适什么,但可能他内心很矛盾,也很不安。据当时和他坐在一起的、当年哲学系主任郑昕先生说,晚餐时,他把面前的酒杯也碰翻了。他和胡适的确有一段非同寻常的友谊。当年,他从南京的国立中央大学去北大教书是胡适推荐的。胡适很看重他,新中国成立前夕,胡适飞台湾,把学校的事务就委托给担任文学院院长的他和秘书长郑天挺。《人民日报》组织批判胡适,对他的打击很大,心理压力也很大。当晚,回到家里,他就表情木然,嘴角也有些歪了。如果有些经验,我们应该当时就送他去医院,但我们都以为他是累了,休息一夜就会好起来。没想到第二天他竟昏睡不醒,医生说这是大面积脑出血,要立即送到协和医院。马寅初校长对他十分关照,请苏联专家会诊,又从学校派了特别护士。他就这样昏睡了一个多月。

这以后,他手不能写,腿也不能走路,只能坐在轮椅上。但他仍然手不释卷,总在看书和思考问题。我尽可能帮他找书,听他口述,然后笔录下来。这样写成的篇章,很多收集在他的《饾饤札记》中。

这段时间,有一件事对我影响至深。汤老先生在口述中,有一次提到《诗经》中的一句诗:"谁生厉阶,至今为梗。"我没有读过,也不知道是哪几个字,更不知道是什么意思。他很惊讶,连说:"你《诗经》都没通读过一遍吗?连《诗经》中这两句常被引用的话都不知道,还算是中文系毕业生吗?"我惭愧万分,只好说我们上大学时,成天搞运动;而且我是搞现代文学的,老师没教过这个课。后来他还是耐心地给我解释,"厉阶"就是"祸端"的意思,"梗"是"灾害"的意思。这句诗出自《诗经·桑柔》,全诗的意思是哀叹周厉王昏庸暴虐,任用非人,人民痛苦,国家将亡。这件事令我感到非常耻辱,从此我就很发奋,开始背诵《诗经》。那时,我已在中文系做秘书和教师,经常要开会,我就一边为会议做记录,一边在纸页边角上默写《诗经》。直到现在,我还保留着当时的笔记本纸页,周边写满了《诗经》中的诗句。我认识到作为一个中国学者,做什么学问都要有中国文化的根基,就是从汤老的教训开始的。

1958年我被划为"极右派",老先生非常困惑,根本不理解为什么会这样。在他眼里,我这个年轻人一向那么革命,勤勤恳恳工作,还要跟资产阶级家庭划清界限,怎么会是右派呢?况且我被划为右派时,反右高潮早已过去。我这个右派是1958年2月最后追加的,原因是新来的校长说反右不彻底,要抓漏网右派。由于这个"深挖细找",我们中国文学教研室新中国成立后新留的十个青年教师，九个都成了右派。我当时是共产党教师支部书记，当然是领头的，就成了"极右派"。当时我正好生下第二个孩子，刚满月就上了批斗大会！几天后快速定案。在对右派的六个处理等级中，我属于第二类：开除公职，开除党籍，立即下乡接受监督劳动，每月生活费十六元。

汤老先生是个儒雅之士，哪里经历过这样疾风暴雨的阶级斗争，而且这斗争竟然就翻腾到自己的家里！他一向洁身自好，最不愿意求人，也很少求过什么人！这次，为了他的长房长孙——我的刚满月的儿子，他非常违心地找了当时的学校副校长江隆基，说孩子的母亲正在喂奶，为了下一代，能不能缓期去接受监督劳动。江隆基是1927年入党的，曾经留学德国，是一个很正派的人。他同意让我留下来喂奶八个月。后来他被调到兰州大学当校长，"文化大革命"中受迫害上吊自杀了。我喂奶刚满八个月的那一天，下乡的通知立即下达。记得离家时，汤一介还在黄村搞"四清"，未能见到一面。趁儿子熟睡，我踽踽独行，从后门离家而去。偶回头，看见汤老先生隔着玻璃门，向我挥了挥手。

我觉得汤老先生对我这个"极左媳妇"还是有感情的。他和我婆婆谈到我时，曾说，她这个人心眼直，长相也有福气！1962年回到家里，每天给汤老先生拿药送水就成了我的第一要务。这个阶段有件事，使我终生难忘。那是1963年的五一节，天安门广场举办了盛大的游园联欢活动，集体舞跳得非常热闹。这是个复苏的年代，"大跃进"的负面影响逐渐成为过去，农村开始包产到户，反右斗争好像也过去了，国家比较稳定，理当要大大地庆祝一下。毛主席很高兴，请一些知识分子在五一节晚上到天安门上去观赏焰火、参加联欢。汤老先生也收到了观礼的请帖。请帖上注明，可以带夫人和子女。汤老先生就考虑，是带我们一家呢，还是带汤一介弟弟的一家？当时我们都住在一起，带谁去都是可以的。汤老先生是一个非常细心的人，他当时可能会想，如果带了弟弟一家，我一定会特别难过，因为那时候我还是个"摘帽右派"。老先生深知成为"极右派"这件事是怎样深深地伤了我的心。在日常生活中，甚至微小的细节，他也尽量避免让我感到受歧视。两老对此，真是体贴入微。我想，正是出于同样的考虑，也许还有儒家的"长幼有序"吧。最后，他还是决定带我们一家去。于是，两位老人，加上我们夫妇和两个孩子，一起上了天安门。那天晚上，毛主席过来跟汤老先生握手，说他读过老先生的文章，希望他继续写下去。毛主席也跟我们和孩子们握了握手。我想，对于带我上天安门可能产生的后果，汤老先生不是完全没有预计，但他愿意冒这个风险，为了给我一点内心的安慰和平衡！回来后，果然有人写匿名信，指责汤老先生竟然把一个右派分子带上了天安门！带到了毛主席身边！万一她说了什么反动话，或是做了什么反动事，老先生能负得起这个责任吗？这封信，我们也知道，就是住在对面的邻居所写，其他人不可能反应如此之快！老先生沉默不语，处之泰然，好像一切早在预料之中。

不幸的是老先生的病情又开始恶化了。1964年孟春，他不得不又一次住进医院。那时，汤一介有胃癌嫌疑，正在严密检查，他的弟媳正在生第二个孩子，不能出门。医院还没有护工制度，"特别护士"又太贵。陪护的事，就只能由婆婆和我来承担。婆婆日夜都在医院，我晚上也去医院，替换我婆婆，让她能略事休息。记得那个春天，我在政治系上"政论文写作"课，两周一次作文。我常常抱着一摞作文本到医院去陪老先生。他睡着了，我改作文；他睡不着时，我就和他聊一会儿天。他常感到胸闷，有时憋气，出很多冷汗。我很为他难过，却完全无能为力！在这种时候，任何人都只能单独面对自己的命运！就这样，终于来到了1964年的五一劳动节。那天，阳光普照，婆婆起床后，大约六点钟，我就离开了医院。临别时，老先生像往常一样，对我挥了挥手，一切仿佛都很正常。然而，我刚到家就接到婆婆打来的电话。她号啕大哭，依稀能听出她反复说的是："他走了！走了！我没有看好他！他喊了一句'五一节万岁'，就走了！"汤老先生就这样，平静地，看来并不特别痛苦地结束了他的一生。

过去早就听说汤老先生在北大开的课，有中国佛教史、魏晋玄学、印度哲学史，还有欧洲大陆哲学。大家都说像他这样，能够统观中、印、欧三大文化系统的学者恐怕还少有。和汤老先生告别十七年后，我有幸来到了他从前求学过的哈佛大学，我把汤老先生在那里的有关资料找出来看了一遍，才发现他在哈佛研究院不仅研究梵文、佛教、西方哲学，还对"比较"，特别是对西方理论和东方理论的比较，有特殊的兴趣。汤老先生在美国时，原是在另一所大学念书，是吴宓写信建议他转到哈佛的。他在哈佛很受著名的比较文学家白璧德的影响，他在哈佛上的第一堂课就是比较文学课。吴宓和汤老先生原是老朋友，在清华大学时就非常要好，还在一起写过一本武侠小说。我对他这样一个貌似古板的先生也曾有过如此浪漫的情怀很觉惊奇！白璧德先生是比较文学系的系主任，是这个学科和这个系的主要奠基人，对中国文化特别是儒家文化十分看重。在他的影响下，一批中国的青年学者，开始在世界文化的背景下，重新研究中国文化。汤老先生回国后，就和吴宓等一起组办

《学衡》杂志。现在看来，在五四新文化运动中，"激进派"与"学衡派"的分野就在于，一方要彻底抛弃旧文化，一方认为不能割断历史。"学衡派"明确提出了"昌明国粹，融化新知"的主张。汤老先生那时就特别强调古今中外的文化交汇，提出要了解世界的问题在哪里，自己的问题在哪里；要了解人家最好的东西是什么，也要了解自己最好的东西是什么；还要知道怎么才能适合各自的需要，向前发展。他专门写了一篇《评近人之文化研究》来阐明自己的主张。研究"学衡派"和汤老先生的学术理念，是我研究比较文学的一个起点。

正是从这一点出发，我认为中国的比较文学同西方的比较文学是不一样的。西方的比较文学在课堂中产生，属于学院派；中国的比较文学却产生于时代和社会的需要。无论是五四时期，还是八十年代，中国知识分子都是从自己的需要出发向西方学习的。中国比较文学就产生于这样的中西文化交流之中。事实上，五四时期向西方学习的人，都有非常深厚的中国文化底蕴，像吴宓、陈寅恪、汤老先生和后来的钱锺书、宗白华、朱光潜等，他们都懂得怎样从中国文化出发，应该向西方索取什么，而不是"跟着走""照着走"。

汤老先生离开我们已近半个世纪，他的儒家风范，他的宽容温厚始终萦回于我心中，总使我想起古人所说的"即之也温"的温润的美玉。记得在医院的一个深夜，我们聊天时，他曾对我说："你知道'沉潜'二字的意思吗？沉，就是要有厚重的积淀，真正沉到最底层；潜，就是要深藏不露，安心在不为人知的底层中发展。"他好像是在为我解释"沉潜"二字，但我知道他当然是针对我说的。我本来就习惯于什么都从心里涌出，没有深沉的考虑；又比较注意表面，缺乏深藏的潜质；当时我又正处于见不到底的"摘帽右派"的深渊之中，心里不免抑郁。"沉潜"二字正是汤老先生对我观察多年，经过深思熟虑之后，给我开出的一剂良方，也是他最期待于我的。汤老先生的音容笑貌和这两个字一起，深深铭刻在我心上，将永远伴随我，直到生命的终结。

# 文化更新的探索者
## ——陈寅恪

陈寅恪出身名门，家世煊赫。他的祖父陈宝箴为晚清的封疆大吏，任湖南巡抚，推行新政，与京师维新运动相策应，后被罢官。他的父亲陈三立是清末著名的四公子之一，曾任吏部主事，是当时文化界的领军人物；他的长兄陈衡恪（陈师曾）是民初著名的画家。陈寅恪有这样的家学渊源，深受熏陶，又于1902年十三岁时赴日本学习三年，1909年二十岁考入德国柏林大学，1912年从瑞士回国；1913年春赴法国，入巴黎高等政治学校，1914年下半年回国；1918年冬再赴美国，入哈佛大学学习梵文和巴利文等；1921年重赴德国进柏林大学研究院，研究梵文及东方古文字学，在欧洲停留大约四年。1926年就职于清华大学国学研究院。

陈寅恪精通十数国语言，有宏大的抱负、深远的学术视野,他治学的出发点首先是在"国人内感民族文化之衰颓,外受世界思潮之激荡"的形势下,如何使中国文化摆脱"衰颓"之困境而在"世界思潮之激荡"之中获得新生?他说自己"不敢观三代两汉之书,而喜谈中古以降民族文化之史",就是因为"李唐一族之所以崛兴,盖取塞外野蛮精悍之血,注入中原文化颓废之躯,旧染既除,新机重启,扩大恢张,遂能别创空前之世局"。他认为两晋南北朝隋唐之史是一个多民族文化相互吸收、启发、融合、激荡的复杂时期,而这吸收、启发、融合、激荡之结果乃是有唐一代三百年之崛兴。他集中研究这一段历史的深意就是要"排除旧染",除去不符合时代需要的旧的一切,让充满生机的外来之血改造原有的旧的躯体,注入新的活力,使生命复苏,才能"扩大恢张""创空前之世局"。这里,外来文化与本土文化的关系是血液、活力与躯体的关系,远不是旧的"体用"关系所能概括的。陈寅恪的大量著作都在考察各民族文化的奔突碰撞,以及从这种碰撞中激发而生的新文化。虽然谈的是历史,却正是认识现实的极好借鉴。

陈寅恪为中国比较文学的渊源和影响研究奠定了最初的基础。首先,他是把吸取外来文化、研究外来文化的影响作为促进本土文化更新的重要进程来看待的。他对冯友兰的《中国哲学史》给予很高评价,重要原因之一就是"此书作者,取西洋哲学观念,以阐明紫阳之学,宜其成系统而多新解";他又指出王国维所写的凡属于文艺批评及小说戏曲之作,如《红楼梦评论》及《宋元戏曲考》《唐宋大曲考》等都是"取外来之观念与固有之材料互相参证"而写成,因此"足以转移一时之风气,而示来者以轨则",使观堂之书成为"吾国近代学术界最重要之产物"。

在渊源和影响研究中,陈寅恪最强调的是原典实证的方法,他认为"即以今日中国文学系之中外文学比较一类之课程言,亦只能就白乐天等在中国及日本之文学上,或佛教故事在印度及中国文学上之影响及演变等问题,互相比较研究,方符合比较研究之真谛",而这种比较研究方法,"必须具有历史演变及系统异同之观念",只有这样,才能品味出两种文化的不同,并了解其间的融通。他说:"两种文化接触,当然有无法相合而遭弃绝之部分,也必有本土原无、纯由外来文化移植而产生新文化的现象。"关于前者,他举《莲花色尼出家因缘》为例,详加论述,指出佛藏中涉及"男女性交诸要义",转译成汉文也"大抵噤默不置一语""纵为笃信之教徒""亦复不能奉受",至于《莲花色尼出家因缘》述及母女同嫁一夫,而此夫又系原母之子,此类情节,与中国"民族传统之伦理观念绝不相容""惟有隐秘闭藏,禁绝其流布"。这正说明两种文化的不同和相互排斥。

关于后者,他以中国小说为例,多次谈及中国小说原来并无鸿篇巨制,后来出现的鸿篇巨制,其来源多出于佛经之神话物语。"察其内容结构,往往为数种感应冥报传记杂糅而成。"他对此论点进行了详细深入的分析:"自佛教流传中土后,印度神话故事亦随之输入。观近年发现之敦煌卷子中,如《维摩诘经·文殊问疾品演义》诸书,益知宋代说经与近世弹词、章回体小说等,多出于一源,而佛教经典之体裁与后来小说文学,盖有直接关系。"他认为佛教"说经多引故事,而故事一经演讲,不得不随其说者、听者本身之程度及环境而生变易,故有原为一故事,而歧为二者,亦有原为二故事,而混为一者……若能溯其本源,析其成分,则可以窥见时代之风气"。他以其博大精深的知识,在二十世纪三十年代写下了《敦煌本〈维摩诘经文殊师利问疾品演义〉跋》《〈三国志〉曹冲、华佗传与佛教故事》《〈西游记〉玄奘弟子故事之演变》等论文,考察了佛教故事在中国的演变。

从对玄奘三弟子的探源中,他寻找出故事演变的三个公例:"一曰:仅就一故事之内容,而稍变易之,其事实成分殊简单,其演变程序为纵贯式。如原有玄奘渡流沙河逢诸恶鬼之旧说,略加附会,遂成流沙河沙和尚故事之例是也。二曰：虽仅就一故事之内容变易之，而其事实成分不似前者之简单，但其演变程序尚为纵贯式。如牛卧苾刍之惊犯宫女，天神之化为大猪。此二人二事，虽互有关系，然其人其事，固有分别，乃接合之，使为一人一事，遂成猪八戒高家庄招亲故事之例是也。三曰：有二故事，其内容本绝无关涉，以偶然之机会，混合为一。其事实成分因之而复杂，其演变程序则为横通式。"他认为孙行者大闹天宫的故事便由两个故事拼凑而成，一个是《罗摩延传》（《罗摩衍那》）中猴神哈奴曼的故事，一个则是佛教经典《贤愚经》中"顶生王升天因缘"的故事，其中描写顶生王要和天帝平起平坐，升天争帝释之位。陈寅恪对故事在流传中演变的三种公例的总结，实际上也是对比较文学影响研究中"启发—认同—消化—变形"四个层次的总结。

对于这种变形的具体过程和可能的环节，陈寅恪做了详尽的考证。例如《三国志·魏书》记载曹冲称象的故事，其实和《杂宝藏经》中的故事一样，只是由于"辗转流传"，"遂附会为仓舒（即曹冲）之事，以见其智"，又因"象为南方之兽，非曹氏境内所能有，不得不取其事与孙权贡献事混成一谈，以文饰之"。又如华佗的故事：华佗为人治病，断肠破腹，数日即差（痊愈），带有浓厚的神话色彩。陈寅恪考证华佗应是天竺语agada（阿伽陀）

"药"的意思，华佗实为"药神"。而《因缘经》中也有神医耆域"披破其头，悉出诸虫"来治迦罗越家女病，"以金刀破腹，还肝向前"来治迦罗越家男病的记载。陈寅恪指出："《三国志》曹冲、华佗二传，皆有佛教故事，辗转因袭，杂糅附会于其间，然巨象非中原当日之兽，华佗为五天外国之音，其变迁之迹象犹未尽亡，故得赖之以推寻史料之源本。"进行比较文学的影响研究最忌讳的就是道听途说，任意武断。陈寅恪虽然对以上两个故事做了详尽的考证，但仍说："犹不能别择真伪，而并笔之于书。"可见其对于影响、渊源实证研究要求之严格。

陈寅恪不仅注意研究内容上的影响，对于形式和方法上的影响也很注意。他研究了佛教的注经之法，感到它与中国传统的注经之法是很不相同的。他说中土的"圣人之言，必有为而发，若不取事实以证之，则成无的之矢矣。圣言简奥，若不采意旨相同之语以参之，则为不解之谜矣。既广搜群籍，以参证圣言，其言之矛盾疑滞者，若不考订解释，折衷一是，则圣人之言行，终不可明矣"。因此，儒家经典则"必用史学考据，即实事求是之法治之"。而天竺佛藏则不同，"天竺诂经之法，与此土大异""如譬喻之经，诸宗之律，虽广引圣凡行事，以证释佛说，然其文大抵为神话物语"，正是由于"南北朝佛教大行于中国，士大夫治学之法亦有受其熏习者",才产生了"裴松之《三国志注》、刘孝标《世说新书注》、郦道元《水经注》、杨衒之《洛阳伽蓝记》等"。这些新的诂经方法不仅开创了新的文体,推动了中国小说的发展,而且对中国学术的训诂考证产生了一定的影响。

这种从原典出发,从个别的影响研究上升到对文学影响流播中一般规律的总结,无疑是对比较文学的研究做出的理论贡献。此外,陈寅恪提出的"必须具有历史演变及系统异同之观念""察其内容结构""考其方法之延伸",以及"溯其本源,析其成分,则可以窥见时代之风气"等都为中国比较文学的渊源和影响研究奠定了基础。

关于两种文化接触时的相互诠释现象,陈寅恪也做了开创性的阐明。他特别强调两种文化的接触决不是简单的认同或同一。相反,这里必有差异,必有有意或无意的误读或误释。正是这种差异和误读、误释所产生的张力,互相突破原有体系,使双方都发生改变而获得更新、重建。陈寅恪指出中国对佛教经典的诠释最初即有两种不同的方式:一种是"格义",一种是"合本"。所谓"格义","实取外书之义,以释内典之文",即以中国观念解释佛教论说。如《颜氏家训·归心篇》说:"内典初门,设五种禁,外典仁、义、礼、智、信,皆与之符。仁者,不杀之禁也;义者,不盗之禁也;礼者,不邪之禁也；智者，不酒之禁也；信者，不妄之禁也。"又"隋智者大师《摩诃止观·卷六上》以世法之五常、五行、五经，与佛教之五戒相配，亦'格义'之说"。这些都是"援儒入释"的例子。至于"华严宗如圭峰大师宗密之疏《盂兰盆经》，以阐扬行孝之义，作《原人论》而兼采儒道二家之说"，则是"格义"的一种"变相"。

至于"合本"，陈寅恪说："'合本'之比较，乃以同本异译之经典相参校。"这是因为"中土佛典译出既多，往往同本而异译，于是有编纂'合本'，以资对比者焉"。如僧人支愍度曾合《首楞严经》及《维摩诘经》，陈寅恪认为他"著传译经录，必多见异本，综合对比，乃其所长也"。这种语言学的比较研究正与后来的历史语言学研究方法类似。

陈寅恪认为"格义"与"合本"所用的方法"自其形式言之，其所重俱在文句之比较拟配，颇有近似之处，实则性质迥异""一则成为附会中西之学说……后世所有融通儒释之理论，皆其支流演变之余也。一则与今日语言学者之比较研究法暗合，如明代员珂之《楞伽经会译》者，可称独得'合本'之遗意，《大藏》此方撰述中罕觏之作也"。陈寅恪认为，佛教的传入为我民族与他民族两种不同思想之初次会合，十分重要，其结果是：佛教改造了中国的儒道，中国文化也改造了原来的佛教。

陈寅恪还进一步指出，吸取外来文化、促进本土文化更新的过程总是通过后人对前人，亦即对原有文化的重新诠释来实现的。这种诠释往往并不符合作者原意，甚至不符合历史事实，因而被"国粹家"们嗤之以鼻。但是，只要这样的诠释是后人根据其当代意识对前人的总结和发展，那就值得肯定，其本身就是一种文化的更新。他认为中国文化就是在历代智者吸取了他们那一时代所能接触到的外族文化的新鲜血液，然后对原有文化重新进行诠释、改造的过程中发展起来的，当然，这种诠释必须在充分理解前人的基础上进行。但也应该看到"古代哲学家去今数千年，其时代之真相，极难推知。吾人今日可依据之材料，仅为当时所遗存最小之一部"，"残余断片"而已。

陈寅恪对这一点有很深刻的理解，他说："尝谓世间往往有一类学说，以历史语言学论，固为谬妄，而以哲学思想论，未始非进步者。"他举王辅嗣、程伊川之注《易》传为例，指出他们的传注虽与《易》之本义不一定相符，"然为一种哲学思想之书，或竟胜于正确之训诂"。因此把文化仅仅理解为固定的、可以存放于博物馆的文化陈迹，实在是一种误解。陈寅恪认为，所有"加以联贯综合之搜集，及统系条理之整理，则著者有意无意之间，往往依其自身所遭际之时代，所居处之环境，所熏染之学说,以推测解释古人之意志。由此之故,今日之谈中国古代哲学者,大抵即谈其今日自身之哲学者也"。所谓"所遭际之时代,所居处之环境,所熏染之学说",就是论者的"当代意识"。

另一方面,陈寅恪似乎并不赞同对并无直接关系的文化现象的比较,他严厉批评了"荷马可比屈原,孔子可比歌德"等"古今中外,人天龙鬼,无一不可取以相与比较"的"穿凿附会,怪诞百出,莫可追诘"的、不科学的泛比现象,但他一般不反对有根据、有创意的平行研究。特别是五十年代初期完成的长篇论著《论〈再生缘〉》,表明了他对平行研究的全面的看法。首先,他把《再生缘》放到中国文学和世界文学这两个范围内做纵的和横的比较考察。他在论述《再生缘》的结构时,比较了中西小说结构的不同。他认为:中国小说,"其结构远不如西洋小说之精密"。就是《水浒传》《石头记》和《儒林外史》等书,"其结构皆甚可议"。同类的"《玉钏缘》之文冗长支蔓殊无系统结构,与《再生缘》之结构精密、系统分明者,实有天渊之别",《再生缘》"文字逾数十百万言",而能"叙述有重点中心,结构无夹杂骈枝等病""为弹词中第一部书"。其次,在与西方文学的对比中,他特别指出《再生缘》文辞的特点,"《再生缘》之文,质言之,乃一叙事言情七言排律之长篇巨制也",文辞累数十百万言,可以和希腊、印度的著名史诗比美。他说:"世人往往震矜于天竺、希腊及西洋史诗之名,而不知吾国亦有此体……《再生缘》之文,则在吾国自是长篇七言排律之佳诗。在外国亦与诸长篇史诗,至少同一文体。"他指出中国文学与世界诸国文学相比,"最特异之点,则为骈词俪语与音韵平仄之配合"。但是,由于对偶之文,"往往隔为两截,中间思想脉络不能贯通"。但《再生缘》作者"思想灵活,不为对偶韵律所束缚",因此,陈寅恪认为,"无自由之思想,则无优美之文学""此易见之真理,世人竟不知之,可谓愚不可及矣"。正是在比较的考察中,陈寅恪发现了《再生缘》独特的艺术价值,为这部"不能登大雅之堂"而备受冷落的艺术杰作和它那位极富才华而几将湮灭的作者争得了在中国文学史上和世界文学史上应有的地位。

总之,陈寅恪是二十世纪三十年代至五十年代比较文学发展的集大成者。他自始至终坚信:"真能于思想上自成系统、有所创获者,必须一方面吸收输入外来之学说,一方面不忘本来民族之地位。此二种相反而适相成之态度,乃道教之真精神,新儒家之旧途径,而二千年吾民族与他民族思想接触史之所昭示者也。"这样的人所吸取于世界的不限于某个人或某种思潮,而是"超越时间地域之理性",是跳动着的整个脉搏。对他们来说,"神州之外,更有九州,今世之后,更有来世"。陈寅恪正是将两种文化汇合的理论放在世界文化纵横发展的脉络之中来解释的第一人。

# 永恒的真诚
## ——难忘废名先生

1948年夏天,我从遥远的山城来到全国最高学府北京大学,又来到北京大学顶尖的系——中文系,心里真是美滋滋的。当时,震撼全国的"反迫害、反饥饿"学生运动刚刚过去,许多黑名单上有名的学生领袖都已"潜入"解放区,新的"迎接解放"的大运动又尚未启动,因此九月初入学的新同学都有一段轻松的时间去领略这历史悠久、传统绵长的学府风光。

我深感这里学术气氛十分浓厚,老师们都博学高雅,气度非凡。我们大学一年级的课程有:沈从文先生的大一国文课(兼写作),废名先生的"现代文学作品分析"课,唐兰先生的"说文解字"课,齐良骥先生的"西洋哲学概论",还有一门化学实验和大一英文。大学的教学和中学完全不同,我觉得自己真是沉没于一个从未经历过的全新的知识天地。

我最喜欢的课是沈从文先生的大一国文和废名先生的"现代文学作品分析"。沈先生用作范本的都是他自己喜欢的散文和短篇小说,从来不用别人选定的大一国文教材。他要求我们每两周就要交一篇作文,长短不拘,题目则有时是一朵小花,有时是一阵微雨,有时是一片浮云。我们这个班大约二十七人,沈先生从来都是亲自一字一句地改我们的文章,从来没有听说他有什么代笔的助教、秘书之类。那时,最让人盼望的是两三周一次的发作文课,我们大家都是以十分激动的心情等待着这一个小时的来临。在这一小时里,先生总是拈出几段他认为写得不错的文章,念给我们听,并给我们分析为什么说这几段文章写得好。得到先生的夸奖,真像过节一样,好多天都难以忘怀。

废名先生讲课的风格全然不同,他不大在意我们是在听还是不在听,也不管我们听得懂还是听不懂。他常常兀自沉浸在自己的思绪中。他时而眉飞色舞,时而义愤填膺,时而凝视窗外,时而哈哈大笑,他大笑时常常会挨个儿扫视我们的脸,急切地希望看到同样的笑意,其实我们并不知道他为什么笑,也不觉得有什么可笑,但不忍拂他的意,或是觉得他那急切的样子十分可笑,于是也哈哈大笑起来。上他的课,我总喜欢坐在第一排，盯着他那"古奇"的面容，想起他的"邮筒"诗，想起他的"有身外之海"，还常常想起周作人说的他像一只"螳螂"，于是，自己也沉浸在遐想之中。现在回想起来，这种类型的讲课和听课确实少有，它超乎于知识的授受，也超乎于一般人说的道德的"熏陶"，而是一种说不清、道不明的"爱心""感应"和"共鸣"。

可惜，这样悠闲自在的学院生活很快就消逝得无影无踪。随着解放军围城炮火的轰鸣，我和一部分参加地下工作的同学忙着校对秘密出版的各种宣传品；绘制重要文物所在地草图以帮助解放军选择炮弹落点时注意保护；组织"面粉银行"，协助同学存入面粉，以逃避空前的通货膨胀……有一天一枚炮弹突然在附近的北河沿爆炸，解放军入城的日子越来越近，全校进入紧张的"应变"状态，上课的人越来越少，所有课程终于统统停止。

再见到废名先生，已是在解放后1950年的春天了。这时，沈从文先生已断然弃绝了教室和文坛，遁入古文物研究；而废名先生却完全不同，他毫不掩饰对共产党的崇拜和迎接新社会的欢欣。他写了一篇长达数万字的《一个中国人民读了新民主主义论后欢喜的话》，亲自交给了老同乡、老相识董必武老人，甚至他还在没有任何人动员的情况下，写了一份入党申请书交给了中文系党组织。我相信这一定是中文系党组织收到的第一份教师入党申请。废名先生根本不考虑周围的客观世界,只是凭着自己内心的想象和激情,想怎么做就怎么做;他没有任何自命清高的知识分子架子,更不会考虑到背后有没有人议论他"转变太快""别有所图"之类。因为他的心明澈如镜,容不得一丝杂质,就像尼采所说的那种没有任何负累的婴儿,心里根本装不下这样的事!记得当时我是学生代表,常常参加中文系的系务会议。有一次和他相邻而坐,他握着我的手,眼睛发亮,充满激情地对我说:"你们青年布尔什维克就是拯救国家的栋梁。"

此后,迎来了解放后的第一次"教学改革",无非是小打小闹,"上级"既没有听过课,又没有研究,只是把中文系的全部课程排了一个队,姑且从名目上看一看哪些可能有封建主义和资本主义之嫌。废名先生开了多年的"李义山诗中的妇女观"不幸首当其冲,在立即停开之列。那次由杨晦先生宣布停开课程名单的系务会议,气氛很沉重,大家都黯然,只有我和另一个学生代表夸夸其谈,说一些自己都不明白的话。会后,废名先生气冲冲地对我说:"你读过李义山的诗吗?你难道不知道他对妇女的看法完全是反封建的吗?"他的眼神又愤怒、又悲哀,我永远不能忘记!此后,很少再见到废名先生,开会他也不来了。于是,他成为众人眼目下的"落后分子"!

没有想到1951年的土地改革又重新燃起了他的激

情。这年冬天，中文系和历史系的师生组成了"土改16团"，浩浩荡荡开赴江西吉安专区。当时教授们是自由参加，并非一定要去。中文系随团出发的教授只有废名先生和唐兰先生等少数几位，一些以进步闻名的教授反而没有同行。再见废名先生时，我很为过去说过那些浅薄无知的话而深感愧疚，但他好像早已忘怀，一路有说有笑，说不尽他对故乡农民的怀念，回忆着他和他们之间的种种趣事，为他们即将获得渴望已久的土地而兴奋不已。

我们中文系这个小分队被分配在吉安专区的潞田乡。有缘的是我和废名先生竟分在同一个工作组，共同负责第三代表区的工作。潞田乡共分七个代表区，两个代表区在山里，四个代表区分布于附近的几个村落，第三代表区就在潞田镇。由于情况比较复杂，开始时，我们没有住进农民家而是住在镇公所。镇公所是一幢两层楼的木板房，楼下一间是堂屋，一间可以住人，楼上一般用来堆杂物。相当长一段时间，我和废名先生白天一起"访贫问苦"，在老乡家吃派饭，晚上废名先生住在楼下，我住在楼上。

因为听不懂江西话，我们的"访贫问苦"收效甚微。这时，反对"和平土改"、将阶级斗争进行到底的运动，在江西全省开展得如火如荼。比较富足的潞田乡被定为反对"和平土改"的典型。我们进展迟缓的工作受到了严厉批评,上级派来了新的地方干部——一位新近复员的连长。他的确立场坚定,雷厉风行。不到半个月,他就成功地发动了群众,揪出八名地主,宣判为恶霸、特务、反革命,判处死刑,立即执行,并暴尸三天,以彻底打倒地主阶级的威风、长贫下中农的志气!为首的就是被定性为反革命恶霸地主、多年在我们住的这所小木屋里办公的潞田镇镇长。我和废名先生看得目瞪口呆,吓得汗都不敢出。北大土改工作队又不断发文件、开大会,批判资产阶级人道主义,号召各自检查立场,主动接受"阶级斗争的洗礼"。废名先生不再说话,我也觉得无话可说,只是夜半时分常常想起那个脑袋迸裂、流出了白花花脑浆的镇长,总觉得他正从楼下一步步走上楼来,吓得我一身冷汗,用被子蒙着头。

天越来越冷,废名先生的身体也越来越弱。他很少出门,也不大去吃派饭,上级领导念他年老体弱,特准他在屋里生一个小煤球炉做饭吃。我仍然每天出去开会,协助农民分山林,分田地,造名册,丈量土地,登记地主财富,等等,我最喜欢的工作是傍晚的妇女扫盲班。和一大群大姑娘、小媳妇打打闹闹,教她们识字、唱歌,讨论男女平等,热闹非凡,一天的烦累似乎也都就此一扫而光。因此,我每天回来都很晚,这时废名先生屋里的豆油灯通常已经熄灭。

有一天我回来，废名先生屋里的灯光仍然亮着，小木屋里散发出一股炖肉的浓香。我一进门，废名先生就开门叫我，说是好不容易买了两对猪腰子，碰巧又买到了红枣，这是湖北人最讲究的大补，一定要我喝一碗。我不忍拂先生的好意，其实自己也很馋，就进门围着火炉和先生坐在一起。也许是太寂寞，也许是很久没有说话，废名先生滔滔不绝，和我拉家常。我们似乎有默契，都小心地避开了当下的情境。事隔多年，我们谈了什么已经不大记得清，但有两点，因为与我素来的想法大相径庭，倒是长留在记忆里。

印象最深的是他说他相信轮回，相信人死后灵魂长在。他甚至告诉我他的的确确遇见过好几次鬼魂，都是他故去的朋友，他们都坐在他对面，和他谈论一些事情，和生前没有两样。他告诉我不应轻易否定一些自己并不明白、也无法证明其确属乌有的事。因为和我们已知的事相比，未知的事实在是太无边无际了。太多我们曾认为绝不可能的事，"时劫一会"，就都成了现实。他又问我对周作人怎么看，我回说他是大汉奸，为保全自己替日本鬼子服务。废名先生说我又大错特错了，凡事都不能抽空了看，不能只看躯壳。他认为周作人是一个非常复杂且有智慧的人，他宁可担百世骂名而争取一份和日本人协调的机会，保护了北京市许多文物。废名先生说，义愤填膺的战争容易，宽容并做出牺牲的和平却难。事实上，带给人类巨大灾难的并不是后者而是前者。废名先生关于已知和未知的理论至今仍然是我对待广大未知领域的原则，他的关于战争与和平的理论我却始终是半信半疑。如今，恐怖与反恐怖之战遍及全球，我又不能不常想起先生"和平比战争更难"的论断。

伟大的土地革命运动终于告一段落，废名先生一直坚持到最后。唐兰先生却早就回校了。记得下乡不久，忽然来了一纸命令，急调唐兰先生立刻返回北京，接受审查。那时，城市里反贪污、"打老虎"的运动正开展得如火如荼，有消息传来，说唐先生倒卖文物字画，是北大数得上的特大"老虎"！后来，土地改革胜利结束，我们做完总结，"打道回府"，听说唐兰先生还在接受审查，问题很严重。过不久，又听说唐兰先生其实没有什么问题，无非是"事出有因，查无实据"。又过了一些时候，听说唐兰先生已经离开了人世。我和废名先生却一直保持着联系。1952年院系调整，所谓"大分大合"，正值"大分"之时。中文系大解体，四位教授分到吉林大学，还有一些教授分到内蒙古。废名先生到吉林后心情很抑郁，虽然有时强作欢快，但仍然透露着迟暮与失落。他还给我写过好几封信，我一直珍藏着，最终毁于"文化大革命"。

我见废名先生最后一面是在1954年夏天。那时我已留任中文系助教，随工会组织的旅游团去东北。我之所以选择东北，完全是为了去长春看望废名先生。当时先生的视力已经很差，昔日那种逼人的炯然目光已经不再。但他见到我们几个年轻人时，却陡然振奋起来，我仿佛再见到那个写《一个中国人民读了新民主主义论后欢喜的话》的欢喜的中国人！他紧握我的手，往事涌上心头，化作潸然老泪，我也忍不住热泪盈眶。废名先生毫不掩饰他见到我们时所感到的内心的快乐，简直就像一个孩子，我不禁又想起那一句老子的话："复归于婴儿。"他执意要请我们去长春最豪华的一家餐馆吃饭，他说非这样不足以显示出他内心的欢喜。

从大连回来，等着我们的是无尽无休的，必须天天讲、月月讲的阶级斗争，我再也没有见到废名先生，没有听到他，由于太紧张的生活，甚至没有再想起他！后来，到尘埃落定之时，才听说废名先生在长春一直很不快乐，没有朋友，被人遗忘。还曾听人说"文化大革命"中，红卫兵把他关在一间小屋里，查不出任何问题，遂扔下不管；病弱的老伴不知道他身在何处，无法送饭，废名先生是活活饿死的！我听了不胜嘘唏，倒也不以为奇，在那种时候，这种事情司空见惯！后来又听说此说法不真，废名先生是有病，得不到应有的医疗条件而孤独地离开了人世！

# 大江阔千里
## ——季羡林先生二三事

世间果然有超乎生死荣辱,"纵浪大化中,不喜亦不惧"的智者吗?回答是"有",先生就是。

我在北大工作学习,转瞬已有四十八个春秋,知道先生当然很早,但真正认识先生却是在1966年仲夏一个十分炎热的下午。那时,"黑帮分子"和牛鬼蛇神们都蹲在烈日下拔草,随时准备接受群众的质询和批斗。我作为一个摘帽右派,被认为是没有多大"政治油水"的死老虎,因而被编入"二类劳改队",在北大附小抬土。那天收工后,我从东门进来,走到湖畔水塔边,正好迎面撞上一群红卫兵敲锣打鼓,喊着口号,押着两个"黑帮分子"游街。走在后面的是周一良教授,走在前面的就是先生!他们两人都是胸前挂着牌子,背上扣着一口食堂煮饭用的中号生铁锅,用细绳子套在脖子上,勒出深深的血印。红卫兵们推推搡搡,高呼着"庙小神灵大,池浅王八多"的最高指示,这是最高统帅对北京大学所做的结论。一些著名的科学家和学者,其实与政治并无牵连,仅仅因为他们有影响,就被当作"王八"或"神灵"揪了出来,那背上的黑锅就是"王八"的象征。先生吃力地向前走着,一缕血红的残阳斜抹在他汗涔涔的脸上。我陡然与先生的目光相遇,那是怎样一双眼睛啊!依然清澈,依然明亮,没有仇恨,没有恐惧,只有无边无际的仁爱和悲悯,凝视着那些虐待他的、无知的年轻人!此情此景和先生的眼神深深铭刻在我心里,时时警醒我以更宽厚、更仁爱的襟怀处事待人。

事隔二十余年,在另一种完全不同的场合,同样是仲夏六月,同样是烈日当空,我又一次见到先生那震人心魄的眼神。在先生手抚着人民英雄纪念碑冰凉的大理石缅怀先烈、回顾历史时,此情此景使先生的满腔仁爱和悲悯不禁化为盈眶热泪,以致老泪纵横!

中国文化常以"情""理"二字并提,先生多年留学德国,在理性逻辑思维方面受过强有力的训练,然而先生又实在是一个十分重情的人。这只要看看先生的散文便可略知一二,特别是先生怀恋母亲的那些散文。先生在一篇散文中说:"我一生有两个母亲:一个是生我的那个母亲,一个是我的祖国母亲。"其实,先生的一生都是在对这两个母亲的无限怀恋中度过的,他所做的一切也都是为了这两个他始终热爱的母亲。

先生对自己早逝的生母真是一往情深,他曾计划每年秋天回乡探望母亲的坟场:"无论是在白雾笼罩墓头的清晨,还是归鸦驮了暮色进入簌簌响着的白杨树林的黄昏",都到母亲坟头唤一声"母亲"。然而,他却来到遥远的德国,"让母亲一个人凄清地躺在故乡的地下……在白杨簌簌中,淡月朦胧里……借了星星的微光到各处去找她的儿子,借了西风听取她儿子的消息。然而,所找到的只是更深的凄清与寂寞,西风也只带给她迷离的梦"。这种对母亲的深深的依恋,始终如一,数十年不衰,直到1995年,《光明日报》编辑就"永远的悔"这一主题向先生约稿,先生所写,仍是对于母亲的怀念,对于未能回报母亲之爱的自责与愧悔。先生说:"一个缺少母爱的孩子,是灵魂不全的人。"其实,反过来说,一个不爱母亲的人恐怕也是"灵魂不全"的吧,这种人绝不可能是一个仁厚温情的人。

先生常自豪地宣称:"我是一个有故乡和祖国的人!"在《留德十年》中,先生写道:"我的祖国母亲,我这是第一次离开她。离开的时间只有短短几个月,不知道是为什么,我这个母亲也频来入梦。"他怀念故乡的大杨树、屋后的大苇坑,怀念豆棚瓜架下闲话的野老,怀念一天工作之余在门前悠然吸烟的农人。刚刚离开祖国，他就已经感到"故国每一方土地，每一棵草木，都能给我温热的感觉"。远在异国他乡，一株盛开的海棠立刻使他感到祖国虽然远在天边，却又近在眼前。他曾多次幻想"当我见到祖国母亲时，我一定跪下来吻她，抚摸她，让热泪流个痛快"。先生对祖国的一片深情绝非一般爱国者可比，这种深情早已超越一般理性认识，而化为先生自己的血肉；它不仅出于"理"，而且是全无功利打算的、发自内心的纯情。以这样的热忱作为生活的动力，生活就会色彩烂漫而又晶莹透明。

宽厚、仁爱而又重情的人往往怀着一颗天真的童心，他们有时会做出人们全然意想不到的事，让人目瞪口呆！先生一向生活很有规律，早睡早起，照例清晨四点起来读书、写作。1995年的一天，这时先生已临近八十五岁高龄，他把自己关在书房里，晨读到六点多钟，忽然发现自己已将房门锁上，而钥匙却在门外的另一个房间。其实解决这一问题最简便的办法就是给哪一位学生打个电话，请他来一趟，从外面打开门就行。但先生却认为时间太早，不便将别人从梦中唤醒。他竟然打开窗户，从1.75米高的窗台上奋不顾身地跳将下来，完成了一个"八十五岁老翁跳窗台"的奇迹（也许真能载入吉尼斯世界纪录）！这天上午，我正好有事去先生家里，先生兴高采烈、不无骄傲地向我叙述了他的伟大的历险。我心里真是好后怕！因为什么都可能发生：脑震荡、脑出血、心脏病突发、粉碎性骨折……先生却说他经过这次考验，既然完好无损，足见各项器官都还结实，大约总可以支持到二十一世纪！这天下午，先生原预定进城参加中法比较文化研究会的活动，我力劝先生别去，应尽量在家休息。先生哪里肯听！不但参加了全部活动，而且还楼上楼下仔细阅览了他们书展中的很多新书、好书！

先生风范为我毕生仰慕，而要企及先生的境界，却实非我力所能及，然而，虽不能至而心向往之，我愿沿着先生的足迹前行，无怨无悔，直到永远。

# 一个冷隽的人,一个热忱的人
## ——纪念吾师王瑶先生

入昭琛师门下,倏忽已有三十八载!记得 1952 年一个万物繁茂滋生的夏夜,第一次拜谒先生,谈及我从先生学现代文学史的意愿。先生说:"现代史是非常困难的,有些事还没有定论,有些貌似定论,却还没有经过历史的检验!"他点燃了烟斗,冷然一笑:"况且有时还会有人打上门来,说你对他的评价如何如何不公,他是如何如何伟大等,你必须随时警惕不要迁就强者,不要只顾息事宁人!"他掷过来锐利的考察的一瞥。"何不去学古典文学呢?至少作者不会从坟墓里爬出来和你论争!"我说:"那么,先生何以从驾轻就熟的中古文学研究转而治现代文学史呢?"我们相视一笑,一切尽在不言中,他收了我这个学生。

在那个生意盎然、相互感应着雄心壮志的夏夜,我们何曾想到历史竟会是这样发展?二十年一片空白,我唯一能记起的是1957年4月,我和一些朋友被那活跃的"早春天气"弄得昏头昏脑,异想天开,竟想靠募捐来办一个学术刊物,让不大成熟的年轻人的文章也有地方发表。没想到先生严词拒绝了我的募捐要求,他从来是一个十分冷峻的时事分析家。按照他分析的结果,他严厉警告我,绝对不要搞什么"组织",出什么"同人刊物",必须对当时的鸣放热潮保持头脑清醒,当时还只是四月末。我们听从了他的劝告,但为时已晚,他的真知灼见和料事如神还是未能救出他的三个学生。

之后,我就没有机会接近先生。"文化大革命"中,他的遭遇比我更悲惨。我永远也不能忘记那难以回首的一幕:由于有人挟嫌诬陷,他被一群红卫兵打得鲜血淋漓。我们这些"专政对象"和全体革命群众都被勒令到现场接受教育。带铜扣的皮带和鞭子落在他的头上和身上,鲜血沿着他苍白的脸颊流下来。打手们逼迫他承认:是他,蓄意侮辱了伟大领袖毛主席,将一张印有毛主席像的报纸扔到厕所里。先生忍受着,报以绝对的沉默。那高傲心灵的扭曲和伤痛真是伤心惨目!我的心在哭泣!

终于雨过天晴,有人来调查他所受的迫害,要他指出曾经伤害他的人。先生一笑置之,说是全都不记得了。其实,哪里能忘记呢?先生一向以博闻强识著称,所有往事都会历历在目。例如,有一次,先生和我谈起当时被囚禁在"牛棚"中的生活，十分感慨于像朱光潜先生那样一向严肃的学者，也会在"牛棚"那样的特殊环境下写出一首非常可笑的打油诗。先生一字不漏地将这首诗背给我听，并告诉我当时"牛棚"并无纸笔，朱光潜先生是把这首诗念给他们两三个人听的。那时生活虽然艰辛，他们听了这首诗，还是忍不住笑了一场，看守极为恼怒，勒令他们几个人把诗句背出来。先生一个字也不肯说，只说朱光潜先生根本就没有作什么诗。为此，他遭受了一顿毒打。先生解嘲地说："我在'牛棚'挨打，多半是因为劳动跟不上趟儿，那时真心后悔儿时在农村未曾好好锻炼。唯独这一次挨打，是为了朋友！"

改革开放后，先生学术著作硕果累累，也曾有过宏伟的学术研究规划。他是大海，能容下一切现代的、传统的，新派的、旧派的，开阔的、严谨的，大刀阔斧的、拘泥执着。在为我的一本小书写的序言中，他特别提出："每个人如果能根据自己的精神素质和知识结构、思维特点和美学爱好等因素来选择适合自己特点的研究对象、角度和方法，那就能够比较充分地发挥自己的才智，从而获得更好的成就。"这些话一直给我力量和信心，催我前进。

先生的音容笑貌，他那幽默的谈吐、富于穿透力的锋利的眼神，他那出自内心却总带几分反讽意味的笑声，他那冷隽的外表下深藏着的赤子的热忱……三十八年来，这一切对我是如此亲切，如此熟悉！难道这一切都永远消逝，只留下一撮无言的灰烬？

记得最后一次去先生家，已是1989年深秋时节。古老的庭院里，树叶在一片片飘落，那两头冰冷的大石狮子严严把守着先生的家门，更增添了气氛的悲凉和压抑。我东拉西扯，想分散先生的注意力，和他谈些轶闻琐事，但先生始终忧郁，我也越谈越不是滋味，终于两人相对潸然。先生说有一桩事，一点心愿，也许再也难以实现……

最后一次见先生，是在苏州的寒山寺。先生原已抱病，却执意要参加在苏州举办的、他担任了十年会长的中国现代文学研究会理事会会议。会议在风和日丽中圆满结束，先生做了总结，告别了大家，安排了明年年会，没想到最后一天游览，寒流猛至，北风凛冽，先生所带衣物不多，却坚持要上寒山古寺，一登那古今闻名的钟楼。"姑苏城外寒山寺，夜半钟声到客船。"先生花了三块钱，换来古钟三击。钟声悠扬凄厉，余音袅袅，久久不息。不知道为什么，我的心在寒风中战栗，总觉得听出了一点什么不祥之音！先生击钟，在呼唤谁？在思念谁？在为谁祝愿？在为谁祈福？这钟声，为谁而鸣？而今，年末岁暮，心衰力竭。我哭先生，欲哭无泪；我呼先生，欲语无言！唯愿先生英灵，随袅袅钟声乘姑苏客船，驶向那极乐的永恒！

# 沧海月明珠有泪
## ——忆女友

你可曾注意到未名湖幽僻的拱桥边,那几块发暗的大青石吗?那就是我和朱家玉经常流连忘返的地方。1952年院系调整,我和她一起大学毕业,一起从沙滩红楼搬进燕园,她当了新中国成立后北大中文系第一个研究生,我则因工作需要,选择了助教的职业。我们的生活又忙碌,又高兴,无忧无虑,仿佛前方永远是鲜花、芳草、绿茵。她住在未名湖畔那间被称为"体斋"的方形阁楼里。我常一有空,就去找她,把她从书本里揪出来,我们或是坐在那些大青石上聊一会儿,或是沿着未名湖遛一圈。尤其难忘的是我们这两个南方人偏偏不愿放弃在冰上嬉戏的乐趣,白天没空,又怕别人瞧见我们摔跤的窘态,只好相约晚上十一二点开完会(那时会很多)后,去学滑冰。这块大青石就是我们一起坐着换冰鞋的地方。我们互相扶持，蹒跚地走在冰上，既无教练，又无人保护。我们常常在朦胧的夜色中摔成一团，但我们总是哈哈大笑，仿佛青春、活力和无边无际的快乐从心中满溢而出，弥漫了整个夜空。

她是上海资本家的女儿，入党时很费了一番周折。记得那是1951年春天，我们正在热火朝天地学习文件，准备开赴土地改革最前线。她的父亲却一连打来了十几封电报，要她立即回上海，说是已经联系好，有人带她和她姐姐一起经香港，去美国念书，美国银行里早已存够了供她们念书的钱。她好多天心神不宁，矛盾重重。我当然极力怂恿她不要去——美国再好，也是别人的家，而这里的一切都属于我们自己，祖国的山，祖国的水，我们自幼喜爱的一切，难道这些真的都不值得留恋吗？我们一起读马克思的书，讨论剩余价值学说，痛恨一切不义的剥削。她终于下定决心，稍显夸张地和父亲断绝了一切关系。后来，她的父亲由于愤怒和伤心，不久就离开了人世。在土改中，她表现极好，交了许多农民朋友，老大娘、小媳妇都非常喜欢她。土改结束，她就作为剥削阶级子女改造好的典型，被吸收入党，而我，正是她的入党介绍人。

农村真的为她打开了一片崭新的天地，她在土改中收集了很多民歌，一心一意献身于发掘中国伟大的民间文学宝藏。当时北大中文系没有指导这方面研究生的教授,她就拜北京师范大学的钟敬文教授为师。她学习非常勤奋,仅仅三年时间就做了几大箱卡片,发表了不少很有创见的论文。直到她逝去多年,年近百岁的钟敬文教授提起她来,还是十分称赞,有时,还会为她的不幸遭遇而老泪潸然。

她的死对我来说,始终是一个谜。我们最后一次见面,就是在这拱桥头的大青石边。那是1957年6月,课程已经结束,我正怀着我的小儿子。她第二天即将出发,渡海去大连,她一向是工会组织的这类旅游活动的积极参与者。她递给我一大包洗得干干净净的旧被里、旧被单,说是给孩子做尿布用。她说她大概永远不会做母亲了。我知道她深深爱恋着我们系的党总支书记,一个爱说爱笑、老远就会听到他的笑声的共产党员。可惜他早已别有所恋,她只能把这份深情埋藏在心底并因此决定终身不再结婚。这个秘密只有我一个人知道。当时,我猜她这样说,大概和往常一样,意思是除了他,再没有别人配让她成为母亲吧。我们把未来的孩子的未来的尿布铺在大青石上,舒舒服服地坐在一起,欣赏着波动的塔影和未名湖上夕阳的余晖。直到许多许多年以后,我仍不能相信原来这就是她对我、对这片她特别钟爱的湖水、对周围这花木云天的最后的告别式,这就是永远的诀别!

她一去大连就再也没有回来。在大连,她给我写过一封信，告诉我她的游踪，还说给我买了几粒非常美丽的贝质纽扣，还要带给我一罐美味的海螺。但是，她再也没回来！她究竟是怎么死的，谁也说不清楚。人们说，她登上从大连回天津的海船时，全无半点异样。她和同行的朋友们一起吃晚饭，一起玩桥牌，直到入夜十一点，各自安寝。然而，第二天早上同伴们却再也找不到她，她竟这样无声无息地离开了人世，永远消失，全无踪影！我在心中假设着各种可能，唯独不能相信她是投海自尽。她是这样爱生活，爱海，爱天上的圆月。她一定是独自去欣赏那深夜静寂中的绝对之美，于不知不觉中失足落水，走进了那死之绝地。说不定她是无意中听到了什么秘密，被恶人谋杀以灭口；说不定是什么突然出现的潜水艇，将她劫持而去；说不定是有什么星外来客，将她化为一道电波，与宇宙永远冥合为一？

这时，"反右"浪潮已是如火如荼，人们竟给她下了"铁案如山"的结论：顽固右派，背叛革命，以死对抗，自绝于人民。根据就是在几次有关民间文学的"鸣放"会上，她提出民间文学不被重视，以致有些民间艺人流离失所，有些民间作品湮没失传；她又提出五四时期北大是研究民间文学的重镇，北大主办的《歌谣周刊》成绩斐然，如今北大中文系却不重视这一学科。不久，我也被定名为"极右分子"，我的罪状之一就是给我的这位密友通风报信，向她透露了她无法逃脱的、等待着她的右派命运，以致她"畏罪自杀",因此我负有"血债"。还有人揭发她在大连时曾给我写过一封信(就是谈到美丽纽扣和美味海螺的那封),领导"勒令"我立即交出这封信,不幸我却没有保留信件的习惯,我越是忧心如焚,这封信就越是找不出来,信越是交不出来,人们就越是怀疑这里必有见不得人的诡计!尽管时过境迁,转瞬五十年已经过去,然而如今蓦然回首,我还能体味到当时那股焦灼和冷气之彻骨!

1981年,我在美国哈佛大学进修,普林斯顿大学的一个朋友突然带来口信,说普林斯顿某公司经理急于见我一面,第二天会有车到我的住处来接。到第二天约定的时间,果然就有一辆汽车来到我的住处。汽车载着我穿过茂密的林荫道,驶入一个幽雅的庭院,一位衣着入时的中年女性迎面走出来,我惊呆了——她分明就是我那早在海底长眠的女友!然而不是,这是1951年遵从父命,取道香港,用资本家的钱到美国求学的女友的长姐。她泪流满面,不厌其详地向我询问有关妹妹生活的每一个细节。我能说什么呢?承认我劝她妹妹留在祖国劝错了吗?诉说生活对这位早夭的年轻共产党员的不公吗?我甚至说不清楚她究竟如何死、为什么而死!我只能告诉她我的女友如何爱山,爱海,爱海上的明月,爱那首咏叹"沧海月明珠有泪"的美丽的诗!如今,她自己已化为一颗明珠,浮游于沧海月明之间,和明月沧海同归于永恒。

# 绝色霜枫
## ——家麟

1978年，我和家麟终于又见面了。1958年一别，经过十年监督劳动、十年"文化大革命"，我们之间已有整整二十年不通音讯！一首儿时的歌曾经这样唱："别离时，我们都还青春年少，再见时，又将是何等模样？"我不知他对我这二十年变化出来的"模样"有何感触；然而岁月和灾难在他身上留下的烙印却使我深深地震骇！古铜色的脸，绷紧着高耸的颧骨，两眼深陷，灼然有光，额头更显凸出，我甚至怯于直视他那逼人的眼神。我想鲁迅笔下那个逼问着"从来如此……便对么"的狂人一定就有这样的眼神！真的，二十年前那个风流倜傥、才华横溢、充满活力、不免狂傲的共青团中文系教师支部书记裴家麟已是绝无踪影！我不免想起阿Q临刑前所唱的那一句"二十年又是一条好汉"！二十年已经过去，在我面前的，果真是另一条好汉吗？

记得我们初相识，他才二十一岁，刚毕业就以优异成绩留北大中文系任教。我和家麟都师从王瑶先生，都喜欢浪漫主义，都欣赏李白的狂气，都觉得我们真的是"早晨八九点钟的太阳"！于是，在"百花齐放、百家争鸣"的鼓舞下，我们策划了一个中级学术刊物（策划而已，并未成形），意在促年青一代更快登上文学研究的舞台。好几位青年教师都"团结在我们周围"，包括当时的研究生党支部书记和进修教师党支部书记也都加入了我们的行列。我们最终被"一网打尽"，成为北京大学中文系"最恶毒"的"反革命集团"，家麟被视为集团的"头目"之一，被定为"极右派"，发配下乡，监督劳动，开除公职，开除党籍、团籍，每月生活费十六元人民币。那时，家麟的妻子正在生育第二个孩子，家里还有老母幼妹，妻子又仅仅是一个小小资料员。靠着这一点点生活费，我真不知道他的日子怎么能过得下去！然而，这日子毕竟过下去了，过下去的结果就是今天站在我面前的、黧黑、消瘦、面目全非的新的家麟！

家麟这二十年的遭遇我不想再说，也不忍再说。只说一点，其余皆可想见。他告诉我他被监禁在监管"劳动教养"分子的茶淀农场，在那里度过了大部分时光。在那"大跃进"、大饥馑的年代，他曾在饥饿难熬之时，生吃过几只癞蛤蟆和青蛙;他又告诉我,他的同屋,一个少年犯,养了一只蟋蟀,这是和少年一起抗拒孤独的唯一伙伴,是他最心爱之物。然而,有一天,这只蟋蟀竟然被同屋的另一个犯人活活嚼食了!少年哭着直往墙上撞头,边撞头,边喃喃:"活着还有什么劲,活着还有什么劲!"吃了蟋蟀的人跪在少年面前认罪,磕头如捣蒜。我听得心里直发毛,家麟冷冷地说:"有什么办法?这是饥饿!"

几经周折,家麟终于在中央民族大学回到了教学岗位。谁能否认家麟这最后十八年生命的焕发和成果的辉煌呢?由于教学和科研的突出成就,许多别人梦寐以求的光荣称号纷纷落在他的头上,除了教授,还有北京市劳动模范、教书育人先进工作者等。他的学术著作《李白十论》《诗缘情辨》《文学原理》先后获得各种优秀成果奖;《文学原理》一书还被台湾地区的出版社重印并推荐为大学教材。他编撰的《李白资料汇编》《李白选集》,主编的《中国古代文学史》《中国语言文学》合起来足有数百万字。他为本科生、研究生、进修生开设了十余门课程,听课学生时常挤满了能容纳二三百人的教室。他在学术界已享有崇高威望,除担任中央民族大学教授和校学术委员会常委外,还担任了中国李白研究会副会长、中国杜甫研究会副会长、中国唐代文学学会理事等学术兼职。对一个在监禁劳改环境中耗损了二十年，已是年近半百才开始重返学术生活的中年人来说，既无人际关系基础，又无雄厚的学术底气，要取得如此辉煌的成就，除了以心智、精力乃至生命为代价，再无别的途径。他昼夜忙于教学和研究，急于补回失去的时间。他没有时间去医院，也不顾时常感到的隐约的病痛，任随癌细胞在他的肺部和大脑中蔓延。他经常是累了一盅一盅饮烈酒，困了大杯大杯喝浓茶，劣质烟草更是一支接一支灌进肺里。家麟终于在夜以继日的劳累中耗尽自己。

然而，家麟实在去得太早了，他一定是怀着遗憾离开这个世界的。记得1978年回北京不久，他曾送给我一首诗，题为：

### 咏枫（仄韵）赠友人

凛冽霜天初露魄，
红妆姹紫浓于血。
回目相望空相知，
衰朽丛中有绝色。

这首诗可以有许多不同层次的解读，它似乎总结了我们的一生，回顾了我们的挫败，赞美了我们曾经有过的美好理想和满腔热血，也叹息了青春年华的虚度和岁月不再；然而最打动我的却是最后一句："衰朽丛中有绝色！"它意味着历经过去的艰难和痛苦并非全无收获，正是这些艰难和痛苦孕育了今天的成熟和无与伦比的生命之美！

后来，1996年夏，我将去澳大利亚逗留一段时期，行前曾去看他。他刚动过大脑手术，但精神和体力似都还健旺。我们相约等我回来，还要讨论一些问题，特别是关于他的《文学原理》，我曾提过一些意见，我们都很希望能进一步深谈。我们还计划一起去参加一个学术会议，以便可以有较多时间在一起。那时，虽然他的身边并无亲人，他的妻子已然早逝，他的两个儿子在他手术后不久，也不得不返回他们承担着工作的异国他乡，但他并不特别感到孤独，他的学生和徒弟轮流守候在他身旁。所谓"徒弟"指的是他在茶淀农场当八级瓦工时调教出来的几个小瓦工，这时他们也都已是中年壮汉了。家麟和他这几个徒弟的情谊可真是非同一般。记得我们刚从鲤鱼洲回来时，所住平房十分局促，朝思暮想能在院子里搭一个小厨房，以免在室内做饭，弄得满屋子呛人的油烟。但在那个年月，砖瓦木石，哪里去找？劳动力也没有！家麟和我第一次见面时，得知我的苦恼，就说这不成问题！果然那个周末，来了四个彪形大汉，拉来一车建筑材料。他们声称自己是家麟的徒弟，不到半天，小厨房就盖好了。他们饭不吃，酒不喝，一哄而散，简直像是阿拉丁神灯中的魔神，用魔力创造了奇迹！这几个徒弟每年都要来给师父拜年，还常来陪师父喝酒，有时还要磕头。家麟住院后，他们守候在家麟的病床前，日日夜夜！他的研究生对他之好，就更不用说了。于是我放心地离开，去了澳大利亚。

1996年冬天回来，正拟稍事休息就去探望家麟，没想到突然传来噩耗：1997年1月9日，家麟竟与世长辞！家麟的同班同学石君（他很快即追随家麟而去，也是癌症。愿他的灵魂安息）给我看家麟写的最后一首诗，题目也是"赠友人"，这是他最后在病室中写成的，是他的绝笔。诗是这样：

### 病榻梦牵魂绕因赋诗寄友人

不见惊鸿良可哀，
挥兵百万是庸才。
伤心榻上霜枫落，
何处佛光照影来？

他是多么不甘心就这样撒手人寰啊！我总觉得这首诗意蕴很深，一时难以参透。只有第三句，我想是表明了他深深的遗憾，遗憾那在寒霜凛冽中铸就、眼下正在蓬勃展开的艳丽红枫终于过早地、无可挽回地萎落！这蓬勃、这艳丽将永不再来！然而，就在此时此刻，他仍然渴望着新的生机，渴望着那不可知的"佛光"或许能重新照亮他的生命！这"佛光"是不是就是第一句诗中所说的、一直盼望着的"惊鸿"呢？这"惊鸿"始终未能出现，使他深深地痛苦和悲哀。唯有第二句，我怎么想也想不明白，"挥兵百万是庸才"，是说我们的国家曾经十分强大，曾经有过极好的机遇，却因指挥不当而造成了无法弥补的灾难？还是说中国知识分子本应一展雄才，力挽狂澜？啊！家麟，在这生命的最后时刻，你究竟想说一点什么？想总结一点什么？想留下一点什么？

1997年1月9日，聪明睿智、热情奔放，与人肝胆相照的"川中才子""四川好人"裴家麟从此永逝。他未能如我们曾经相约的，高高兴兴地一起进入二十一世纪。生活曾为他铺开千百种可能：他可能成为伟大的诗人，成为划时代的文学史家，成为新兴文学理论的创建者，也可能成为真正不朽的战士。然而，"伤心榻上霜枫落"，家麟从此永逝！

# 辑四 我就是我
## ——这历史属于我自己

# 魏晋女性生活一瞥

魏晋文人的生活态度和精神追求改变了社会，特别是改变了上层社会的一代风习。这首先表现为女人有了比过去更为自由的地位。她们无须再严格遵守"笑不露齿""非礼勿视""非礼勿动"之类的教训，获得了一定的自由，可以比较自由地表达自己的想法。

《世说新语》记载了一个很有趣的故事，说"潘岳妙有姿容，好神情"。少年时，潘岳带着弹弓在洛阳道上走，"妇人遇者，莫不连手共萦之"。也就是女人们无不手拉手，把他围起来。《晋书·潘岳传》还说，围起来之后，大家"投之以果"，以至他"满车而归"。与之成对比的是："左太冲绝丑，亦复效岳游遨。于是群妪齐共乱唾之，委顿而返。"显然，妇女们并不是被关在家里，而是可以在大街上逛，还可公开表现自己的好恶，并付诸行动，简直有点像今天的"追星族"了！不仅如此，妇女还可以随意登上城楼，观看军事演习。荆州刺史庾翼出门未归，他的妻子和岳母到安陵城楼上去观赏风景。不一会儿，庾翼回来。"策良马，盛舆卫"，岳母阮氏对女儿说："闻庾郎能骑，我何由得见？"于是，"妇告翼，翼便为于道开卤簿盘马，始两转，坠马堕地，意色自若"。庾翼在岳母和妻子面前，于大街上摆开仪仗队跑马，没想到才转了两圈就掉下马来，这当然是很失面子的事。但庾翼竟也不以为意，神色自若。这个故事说明当时的妇女可以独自随处游玩，甚至随意登上城楼，甚至要求丈夫为她们当众表演军事操练！而人与人之间或男女之间也不因面子问题而过于紧张。还有一个故事说，曾经官至中书郎、东阳太守的庾玉台娶了当时显贵桓温的侄女（名女幼）为儿媳。庾玉台的哥哥因犯罪要被问斩，庾玉台也应被处死。女幼赤着脚就往伯父家里跑，门卫不让她进门，她就大声斥责："是何小人？我伯父门，不听我前！""因突入，号泣请曰：庾玉台常因人，脚短三寸，当复能作贼不？"桓温于是赦免了庾玉台一家。这个故事也说明了当时女性的独立自主，泼辣勇敢，不畏人言。

从《世说新语》的描述来看，女性对知识文化的接触和修养也远比过去要高。如一则著名的故事，说"郑玄家奴婢皆读书",有一次,郑玄对一个婢女发怒,罚她站在泥地上。一会儿,另一位婢女过来,就用《诗经》中《式微》一篇的诗句嘲笑她:"胡为乎泥中?"被罚的婢女也用《诗经》中《柏舟》一篇的诗句回答她:"薄言往愬,逢彼之怒。"在上层社会的妇女中,具有文化知识的人就更多了。谢安的侄女谢道韫就是其中的知名者。有一次,"谢太傅寒雪日内集,与儿女讲论文义。俄而雪骤,公欣然曰:'白雪纷纷何所似?'兄子胡儿曰:'撒盐空中差可拟。'兄女曰:'未若柳絮因风起。'公大笑乐。"这位"兄女"就是著名的才女谢道韫。按照《世说新语》的描写,谢道韫是一个心直口快、才华出众的女性。她嫁给了王羲之的第二个儿子左将军王凝之。这个王凝之笃信五斗米道,孙恩起兵攻打会稽时,王凝之坚持已请鬼兵,无须防备,后为孙恩所杀。谢道韫自结婚起就看不上自己的丈夫,回到娘家非常不高兴,对丈夫十分鄙薄,以至谢安安慰她说:"王郎,逸少之子,人身亦不恶,汝何以恨乃尔?"谢道韫说自己的叔叔辈和兄弟都是很优秀的人物,没有想到天地之间竟还有王郎这样的人!当时谢道韫名气很大,常是被赞美和崇拜的对象。例如谢道韫的弟弟谢玄就极其崇拜自己的姐姐。谢玄与张玄齐名,时称"南北二玄"。而谢玄"绝重其姊,张玄常称其妹",难分上下。有一位"并游张、谢二家"

的济尼评论她们二人说,谢道韫"神情散朗,故有林下风气",张玄妹"清心玉映,自是闺房之秀",充分映衬出谢道韫的才气横溢,开朗旷达。

《世说新语》中的女性多是有识见、有操守、有聪明才智之人。例如书中记载了因不愿贿赂画工而背井离乡,到边疆和番的王昭君;不怕拷问,为自己申辩的班婕妤;不畏权势,责骂魏文帝"取武帝宫人自侍"的卞后,等等。由于妇女有了较高的知识修养,妇女间的关系相应也有了一定改善。例如妯娌关系一向是最难相处好的,《世说新语》中有一则故事,说王湛和王浑是两兄弟。王浑娶的是门第很高的太傅钟繇的曾孙女;王湛年轻时无人提亲,他看见郝普的女儿常在"井上取水,举动容止不失常,未尝忤观",就娶了她。于是"钟、郝为娣姒(妯娌)"。这两位门第相差很远的女人竟然能"雅相亲重"。"钟不以贵陵郝,郝亦不以贱下钟。东海家内,则郝夫人之法;京陵家内,范钟夫人之礼",相处和谐,这真是难能可贵!还有一个故事说的是南康长公主下嫁桓温,桓温平定蜀地后,娶了当地李势的妹妹为妾,很宠爱她。"主始不知,既闻,与数十婢拔白刃袭之。正值李梳头,发委藉地,肤色玉曜,不为动容。徐曰:'国破家亡,无心至此。今日若能见杀,乃是本怀。'主惭而退。"本已白刃相向,却能迎刃化解,这是情之力,也是理之力,也说明了风气所及，《世说新语》中女性的襟怀大度。

另一方面，女人对于丈夫也不再唯命是从，自认低人一等，而是平起平坐，平等对话。有一则故事讲王广娶了诸葛诞的女儿，不太满意。进入洞房后，刚开始交谈，王广就对新娘说：你看起来神色卑下，完全不像你的父亲诸葛诞。新娘也反唇相讥：你作为大丈夫不能仿效你的父亲王凌，倒把女人和英杰相比？还有一则故事，讲许允的妻子是阮共的女儿、阮侃的妹妹，奇丑。夫妻交拜礼毕，许允再也不入内室，家人深以为忧。不久，桓范来访，"妇云：'无忧，桓必劝入。'桓果语许云：'阮家既嫁丑女与卿，故当有意，卿宜察之。'许便回入内，既见妇，即欲出。妇料其此出，无复入理，便捉裾停之。许因谓曰：'妇有四德，卿有其几？'妇曰：'新妇所乏唯容尔。然士有百行，君有几？'许云：'皆备。'妇曰：'夫百行以德为首，君好色不好德，何谓皆备？'允有惭色，遂相敬重。"新妇虽然容貌不佳，但绝不自惭形秽，而是据理力争，终于使丈夫理屈，有惭色，而获得了丈夫的敬重。

一般来说，男人也不再避讳对女人的情感，特别是像阮籍那样的名士。按《世说新语》记载："阮公邻家妇有美色，当垆酤酒。阮与王安丰常从妇饮酒，阮醉，便眠其妇侧。夫始殊疑之，伺察，终无他意。"阮籍兴之所至，醉了，就可以公开睡在美人之侧，他人也可容忍。阮籍的侄子阮咸爱上姑姑家的一个鲜卑丫鬟，当姑姑带着这个鲜卑丫鬟远行时，他不顾正居母丧，就"借客驴，著重服，自追之。累骑而返"。真可谓冒天下之大不韪！在这样的情况下，所谓"男女之大防"也就略微松弛了。《世说新语》中还有一则故事，说裴頠的妻子是豫州刺史王戎的女儿。有一次，王戎一早到裴頠家去，没有通报就直接进去了，裴頠夫妇还在床上，竟然"裴从床南下，女从北下，相对作宾主，了无异色"！这在非魏晋时期，恐怕很难想象。

当然，也有的妇女被描写为凶悍跋扈，不把男人放在眼里。例如曾经官至太尉的王衍就因妻子郭氏"才拙而性刚，聚敛无厌，干豫人事。夷甫（即王衍）患之而不能禁"。幸而郭氏的同乡幽州刺史李阳是京都一带的大侠，郭氏很怕他，王衍只好打着他的旗号劝诱郭氏说："非但我言卿不可，李阳亦谓卿不可。"郭氏才稍有收敛。王衍的弟弟王平子刚十四五岁，"见王夷甫妻郭氏贪，欲令婢路上儋粪。平子谏之，并言不可。郭大怒，谓平子曰：'昔夫人临终，以小郎嘱新妇，不以新妇嘱小郎。'急捉衣裾，将与杖。平子饶力，争得脱，逾窗而走"。可见当时女性的地位真是不同凡响！

# 鲁迅心中的中国第一美人

像《浮生六记》中的芸,虽非西施面目,并且前齿微露,我却觉得是中国第一美人。

——鲁迅

芸,我想,是中国文学上一个最可爱的女人。……在芸身上,我们似乎看见这样贤达的美德特别齐全,一生中不可多得。

——林语堂

今读其文,无端悲喜能移我情,家常言语,反若有胜于宏文巨制者,此无他,真与自然而已。言必由衷谓之真,称意而发谓之自然。虽曰两端,盖非仁义。其闺房燕昵之情,触忤庭闱之由,生活艰虞之状,与夫旅逸朋游之乐,既各见于书,而个性自由与封建礼法之冲突,往往如实反映,跃然纸上，有似弦外微言，实题中之正义也。

——俞平伯

备受中国顶级文人赞美的"芸"是谁？以她作为女主人公的《浮生六记》是一部怎样的书呢？

《浮生六记》大约写成于清嘉庆十三年（1808）前后，现存《闺房记乐》《闲情记趣》《坎坷记愁》《浪游记快》四部分。这部书泯没了七十余年，首先被一个名叫杨引传的人在冷摊上发现。杨引传的妹婿王韬，号尊闻阁王，颇具文名，曾在上海主持《申报》。1877年王韬首次以活字版刊行此书，是《浮生六记》最早的铅印本，有杨引传的序和王韬的跋。杨引传在序言中说"六记已缺其二"。王韬说少时（1847年前）曾读过这本书，可惜没有抄写副本，流亡香港时，还常常怀念它。但他没有说少时曾见过全本。林语堂由此推论此书"在1810年至1830年间，当流行于姑苏"，并猜想"在苏州家藏或旧书铺一定还有一本全本"。

除以上四记外，另有《中山记历》《养生记道》二记，一般认为是伪作。近人发现沈复的同时代人，收藏家、书法家钱泳的《记事珠》手稿，其中《册封琉球国记略》或即录自《中山记历》。沈复很可能去过琉球。后来学者王益谦辑选的《昭阳诗综》里有沈复的朋友李佳言写的《送沈三白随齐太史奉使琉球》律诗二首。在《记事珠》中,钱泳两次提到沈复随齐太史等前往琉球,担任书记。《记事珠》手稿中有一段写到《浮生六记》:"吴门沈梅逸名复,与其夫人陈芸娘伉俪情笃,诗酒唱和。迨芸娘没后,落魄无寥,备尝甘苦。就平生所历之事作《浮生六记》,曰《静好记》《闲情记》《坎坷记》《浪游记》《海国记》《养生记》也。梅逸尝随齐、费两册使入琉球,足迹几遍天下,亦奇士也。"另外他还抄了《闲情记趣》中的一段。有可能他见过"六记"的原本。《记事珠》手稿中还有一段,谈及嘉庆十三年(1808)前往琉球的事:"十三日辰刻,见钓鱼台,形如笔架。遥祭黑水沟,遂叩祷于天后。"黑水沟是中国(清廷)与琉球国的分界线,琉球国西部领域是从姑米山(即现在冲绳的久米岛)开始的,显然钓鱼岛在中国领域内。因此这本"烂书",日本人曾开价千万收购。可参阅彭令的《沈复〈浮生六记〉卷五佚文的发现及初步研究》(香港《文汇报》2008年6月)和台湾高雄师范大学蔡根祥的《沈复〈浮生六记〉研究新高潮——新资料之发现与再研究》。

据查,《浮生六记》现有版本一百二十二种,已有三种英译本,还有德、法、丹麦、瑞典、日本、马来语译本。最早的英译本是1936年林语堂的汉英对照本,后来英国牛津大学出版社在1960年出版《浮生六记》英译本。二十世纪八十年代又有企鹅出版社的白伦和江素惠的英译本。该译本由江苏南京的译林出版社作为"大中华文库"之一种出版。

《浮生六记》全书采取了自传抒情散文的写作形式。作者沈复（1763—约1838），字三白，号梅逸，他不是什么斯文举子，也不是出身名门，他的父亲只是一个在小官吏、小商人家中教书写字的幕僚，沈复自己也不是饱读经史、身通六艺的名士，甚至从未参加过科考，而只是一个习幕经商、能书会画、生于小康之家的小知识分子。他的妻子陈芸，与他同岁，四岁失父，"家徒壁立。芸既长，娴女红，三口（母、弟）仰其十指供给"。只因幼时口诵《琵琶行》，而后"于书簏中得《琵琶行》，挨字而认，始识字"。他们以表亲相识，十三岁订婚，十八岁结婚。

爱情与婚姻是陈芸和沈复生活乐趣的最重要的源泉。无论是西方作品或是中国小说，像《浮生六记》这样细腻地描写结婚后夫妻之间的眷恋和情趣的都很少见，很多作品都只写婚前恋爱的复杂过程，而结婚往往被写成这一过程的终结而一笔带过，甚至有人说"婚姻是爱情的坟墓"。但《浮生六记》却与此相反。正如胡适所说，西方人的恋爱多在婚前，两情相好，越来越热烈，以至沸腾，爱情的顶峰是结婚。婚后却越来越平淡，习以为常，最后是索然寡味，各奔前程，或离婚，或寄情于他人。胡适认为中国的传统婚恋则是婚后再恋爱，由婚前的不相识，从冷淡到逐渐温暖，结婚是爱情的开始，有赖于婚后逐步熟悉的生活内容和相互扶持，因此比较长久。《浮生六记》是描写中国旧式婚姻生活的第一部自传体小说。

《浮生六记》所描写的婚姻关系之所以如此之美，首先是因为女主人公陈芸的性格被写得很美，他们共同生活的基础是真诚的"情"。沈复十三岁时遇到了陈芸，"两小无嫌，得见所作（指陈芸作诗）"，就深深地爱上了这个"形削肩长项，瘦不露骨，眉弯目秀，顾盼神飞"的小姑娘，"唯两齿微露，似非佳相"。当时沈复就向母亲提出："若为儿择妇，非淑姊不娶（陈芸字淑珍，长沈复十个月，故称淑姊）。"这个小姑娘逐渐成长为一个非常动人的女人，正如作者所说："一种缠绵之态，令人之意也消。"

在《浮生六记》中，结婚不是爱情的终结而是爱情成熟的起点，是建立一个有共同理想和共同追求的和谐一致的共同生活的开始。三白和陈芸之间的爱情完全是中国式的，具有中国式的传统和独特的魅力。有关他们之间关系的描写主要在精神方面。他们谈古论今，吟诗作画，饮酒品茶；两位主人公的婚姻不仅出于真情，更重要的是依托于共同的理想和共同的情怀。他们都厌恶追名逐利，认为"布衣暖，菜饭饱，一室雍雍，优游泉石"就是最理想的"神仙生活"。他们虽然穷，却都无意于功名利禄。三白终其一生是"偶有需用，不免典质，始则移东补西，继则左支右绌"，从无稳定的收入。这是因为他的社会地位，除科举一途外，不可能有上升的机会，而他又讨厌"八股时文"，看透了官场的虚伪。在做了几年幕僚之后，他更深感"热闹场中卑鄙之状不堪入目"，所以决定"易儒为贾"。更重要的是他的人生理想和所禀性情决定他一生所追求的是一种恬淡自适、安宁和谐的家庭生活，在金钱和事业上，他都没有很强的进取心，只要能和妻子或几个好友"终日品诗论画""喝茶饮酒"就心满意足。他就是以这种不合作、不理睬的态度来傲视官宦权门的。芸的生活追求和他的完全一致。他们被翁姑驱逐，衣食无着，寄居在朋友的废园，靠纺绩刺绣、作书卖画为生。回忆中他们都认为这是最自由、最美好的一段生活。他们共同制定了萧爽楼四忌：忌"谈官宦升迁，公廨时事，八股时文，看牌掷色。有犯必罚酒五斤"；萧爽楼四取：取"慷慨豪爽，风流蕴藉，落拓不羁，澄静缄默"。这就是他们的共同理想，也是他们的爱情和共同生活的基础。

他们爱情生活的主要内容是利用人生有限的时间和有限的条件来共同创造和享受生活的情趣和美。他们一起栽培盆景,一起静室焚香。"枫叶竹枝,乱草荆棘"经过他们的创造,都成了艺术品;"或绿竹一竿,配以枸杞数粒,几茎细草,伴以荆棘两枝"也都"另有世外之趣"。再如三白"爱小饮,不喜多菜。芸为置一梅花盒,用二寸白磁深碟六只,中置一只,外置五只,用灰漆就,其形如梅花。底盖均起凹楞,盖之上有柄如花蒂。置之案头,如一朵墨梅覆桌;启盖视之,如菜装于花瓣中。一盒六色,二三知己可以随意取食","夏月荷花初开时,晚含而晓放。芸用小纱囊撮茶叶少许,置花心,明早取出,烹天泉水泡之,香韵尤绝"。

"苏城有南园、北园二处,菜花黄时,苦无酒家小饮。携盒而往,对花冷饮,殊无意味。或议就近觅饮者,或议看花归饮者,终不如对花热饮为快"。……芸雇一馄饨担,"以铁叉串罐柄,去其锅,悬于行灶中,加柴火烹茶……先烹茗,饮毕,然后暖酒烹肴。是时风和日丽,遍地黄金,青衫红袖,越阡度陌,蝶蜂乱飞,令人不饮自醉……担者颇不俗,拉与同饮。游人见之,莫不羡为奇想。杯盘狼藉,各已陶然,或坐或卧,或歌或啸。红日将颓,余思粥,担者即为买米煮之,果腹而归"。

总之,他们夫妻都能最大限度地欣赏对方创造的美和情趣。爱情,就存在于这种相互的欣赏之中。最难得的是陈芸热爱生活,即使在艰难的环境中她也能充分领略和创造生活中的美与快乐。为了达到这一目的,她常是充满活力,无所畏惧,例如女扮男装去庙会观灯,假托归宁去太湖游览,等等。她博学多才,能诗能文,又巧于刺绣,使她爱美的性格得到了深广的开拓。

沈复深爱其妻,与陈芸一起生活,"情来兴到,即濡笔伸纸,不知避忌,不假装点"。他大胆地、全无避讳地写出了他的真我、真情。在他们的洞房之夜,沈复写道:"合卺后,并肩夜膳,余暗于案下握其腕,暖尖滑腻,胸中不觉怦怦作跳。"他们两人议论了一阵《西厢记》,之后,"遂与比肩调笑,恍同密友重逢。戏探其怀,亦怦怦作跳,因俯其耳曰:'姊何心春乃尔耶?'芸回眸微笑。便觉一缕情丝摇人魂魄,拥之入帐,不知东方之既白"。作者凭一股真情来写他的回忆,从不假装道学,避讳谈及他们肉体的亲密。沈复并不否认他的"恋卧",也不隐藏他们"耳鬓相磨""亲同形影"的"爱恋之情"。这样的情爱描写婉转清丽,细腻而含蓄,全然是中国式的,可谓"乐而不淫"。因此,陈寅恪说:"吾国文学自来以礼法顾忌之故,不敢多言男女间关系,而于正式男女关系如夫妇者,尤少涉及。盖闺房燕昵之情意,家庭米盐之琐屑,大抵不列载于篇章,唯以笼统之词,概括言之而已。此后来沈三白《浮生六记》之《闺房记乐》，所以为例外创作。"

然而，他们的物质生活却一直是十分贫困的。两人共同面对贫穷、不幸和不公平的待遇时，陈芸从不怨天尤人。他们两次被父母逐出家门。第一次是因为芸在父母间代写家信，母疑其述事不当，父以为陈芸不屑代笔；又父欲置妾，密札致芸，倩媒物色，得姚氏女。这更惹怒了婆婆，加以各种细枝末节，终将陈芸逐出家门。当时陈芸生母刚亡故，弟弟出走，下落不明，他们只好寄居友人之萧爽楼。时芸三十岁。三白情愿和陈芸一起出走。他们没有怨恨，没有颓唐，而是在极其困难的条件下开创了共同的新生活，并认为这是他们最幸福、最自由的美好时光。

两年后，夫妻俩被准许回家。当时，陈芸已有血疾，自知生命不会太长久，她为沈复打算，想寻一"美而韵"者替代自己。于是定下一浙妓之女名憨园者为三白妾。后憨园为强力者夺去，芸"血疾大发，床席支离，刀圭无效"，母以陈芸结盟娼妓、三白不思上进为名，于腊月二十六日五更，再次将他们赶出家门。他们只好到无锡朋友家度岁，并打发一儿一女出门：儿子当学徒，女为童养媳。在贫穷、不幸和不公平的逆境中，陈芸从不抱怨，而是理智镇静地处置无法改变的事实，甚至以一种幽默感处之,以减轻一点别人和自己所感到的沉重。例如她在病中被翁姑逐出家门,"将交五鼓,暖粥共啜之。芸强颜笑曰:'昔一粥而聚,今一粥而散,若作传奇,可名《吃粥记》矣。'"她虽然不富,但从不吝啬,经常为沈复"拔钗沽酒,不动声色",为邻人担保借钱,祸及自身。他们总是互相体谅,力图减少对方的负担。沈三白始终挣扎在饥饿和贫困之中,经常是"奔走衣食,中馈缺乏"。他经常失业,和芸始终连自己的家都没有,总是寄居于朋友处,好不容易找到一个邗江盐署代司笔墨的工作,他从朋友家里接来芸,"满望散心调摄,徐图骨肉重圆",可是,"不满月",盐署忽然裁员,他又在被裁之列。他有时在有钱人家里教孩子读书,但也常常"连年无馆",只好"设一书画铺于家门之内,三日所进,不敷一日所出。焦劳困苦,竭蹶时形。隆冬无裘,挺身而过……因是芸誓不医药"。陈芸说:"妾病始因弟亡母丧,悲痛过甚,继为情感,后由忿激,而平素又多过虑,满望努力做一好媳妇而不能得,以至头眩、怔忡诸症毕备,所谓病入膏肓,良医束手,请勿为无益之费。忆妾唱随二十三年,蒙君错爱,百凡体恤,不以顽劣见弃。知己如君,得婿如此,妾已此生无憾!若布衣暖,菜饭饱,一室雍雍,优游泉石,如沧浪亭、萧爽楼之处境,真成烟火神仙矣!……总因君太多情,妾生薄命耳!"临死仍然谴责自己,为对方着想:"君之不得亲心,流离颠沛,皆由妾故,妾死则亲心自可挽回,君亦可免牵挂。堂上春秋高矣,妾死,君宜早归。如无力携妾骸骨归,不妨暂厝于此,待君将来可耳。愿君另续德容兼备者,以奉双亲,抚我遗子,妾亦瞑目矣!"芸"言至此,痛肠欲裂,不觉惨然大恸。……既而喘渐微,泪渐干,一灵缥缈,竟尔长逝"!

"当是时,孤灯一盏,举目无亲,两手空拳,寸心欲碎。绵绵此恨,曷其有极!承吾友胡省堂以十金为助,余尽室中所有,变卖一空,亲为成殓。

"呜呼!芸一女流,具男子之襟怀才识。归吾门后,余日奔走衣食,中馈缺乏,芸能纤悉不介意。及余家居,惟以文字相辩析而已。卒之疾病颠连,赍恨以没,谁致之耶?余有负闺中良友,又何可胜道哉!"后来三白将陈芸葬于扬州。因三白之弟启堂不容陈芸回苏州故里。

从为人方面来讲,沈复这类知识分子有他们自己的价值标准。他引以自豪的是自己"一生坦直,胸无秽念",因此无所畏惧;他继承着中国士大夫"清高"的传统,"凡事喜独出己见,不屑随人是非"。他强调"大丈夫贵乎自立",对家产毫无所求,而且生性慷慨,虽然自己不富,却总是尽其所有帮助别人。当芸刚离别人世时,三白非常悲哀,他在芸的墓地上暗祝:"秋风已紧,身尚衣单,卿若有灵,佑我图得一馆,度此残年,以待家乡信息。"他果然谋得一个代课三个月的位置,"得备御寒之具"。但当他的朋友"度岁艰难",向他商借时,他就把所有的钱借给朋友,并说:"此本留为亡荆扶柩之费,一俟得有乡音,偿我可也。"而乡音殊杳,这笔钱也就无从收回。

沈三白和其他文学作品中的"零余者"一样,无益也无害于社会,常常因为坚持他们不合于社会风俗的道德原则而被社会所压,为小人所欺。如三白的兄弟启堂就是这样的小人,由于他的奸诈挑拨,芸曾被翁姑逐出家门。他又担心三白可能回家分家产,多设刁计阻挠,不报父亲之丧,并花钱雇人向三白逼父债,最后,又说"葬事乏用",要借一二十金。三白则完全无力保护自己,如无朋友指点,就会把"代笔书券"得来的二十金"倾囊与之"。这类知识分子迂阔而不懂世事,受欺而无反抗之心。芸多次受到莫须有的冤枉和不公平的待遇,他虽然和她站在一边,一起被逐出旧家,但始终不敢站出来为芸说一句话,总是一再容忍退让。这使他的生活很不幸,但却又无法认识这不幸的原因。三白不能理解像他这样一个与世无争的好人,"人生坎坷何为乎来哉"?他以为这是由于他的"多情重诺,爽直不羁"和没有钱，以致"先起小人之议，渐招同室之讥"。但这只是表象，他不能认识到根本的原因是社会的不合理和他自己对这种不合理的容忍，由于他们无力改变客观世界，就只能在主观世界中寻求解脱：或逃遁于个人的感情生活，或浪迹于大自然。

陈芸在中国文学的女性人物画廊中是一个美丽而特殊的形象。"女性"这个符号在中国文化中，也像在其他文化中一样，有着极其复杂的内涵——她们没有自己的话语，并且一向由男性定名、规范和解释。芸既不是绝代佳人、贤妻良母，也不是侠女英雄，她在很多方面突破了贤妻良母的规范，得罪公婆，自作主张，创造自己的美好生活，真诚的爱是她生活的基础。她从不掩饰自己对丈夫的爱和对被侮辱与被损害者的同情，她宁可忍受一切痛苦，也决不向压迫者低头求饶。但她也不是"男主外，女主内""男尊女卑"这种社会体制的颠覆者。几千年来，无论在东方还是西方，这种结构体制统治了整个社会。芸在这种体制内创造了一种不同于旁人的、我行我素的、以真诚的爱为基础的二人生活，虽然受尽折磨也不改初衷！

林语堂说："我在这两位无猜的夫妇的简朴生活中，看他们追求美丽，看他们穷困潦倒，遭不如意事的磨折，受狡佞小人的欺负，同时一意求享浮生半日闲的清福,却又怕遭神明的忌……两位平常的雅人,在世上并没有特殊的建树,只是欣爱宇宙间的良辰美景、山林泉石,同几位知心友过他们恬淡自适的生活——蹭蹬不遂,而仍不改其乐。"三白和陈芸创造的二人生活提醒我们,在婚姻的进程中需要不断充实和完善自己,形成一个不断进取的、丰富而美好、也更富于魅力的精神世界。女性并不一定要在与男性的对立中来发现自我。为了解决人类面临的复杂问题,男性和女性之间并不需要对抗,而是需要更多的合作。预期在二十一世纪,以夫妻真诚的爱为基础而排除物欲功利的、男女"平等共生"的新的模式将代替"男主外,女主内""男尊女卑"(其新的表现形式是"学得好,不如嫁得好")等旧模式,并对西方片面的女性主义也有所修正。在这个意义上讲,《浮生六记》所描述的快乐而不幸的家庭与婚姻仍能给我们很多启示。

# 美丽的巫山神女和山鬼

十八岁那年,我终于决定去重庆投考群山之外的大学。那时,贵阳还没有通向外省的铁路,我没有钱买正式车票,只能搭一辆运货的大卡车。车厢里装满了货物,只有我一个人颠簸在货物箱的缝隙之中,周围是险峻的群山,我只觉得那些大箱子和夹道耸立的黑黝黝的山峰势不可当地向我扑来。这些山完全不像故乡的山那样亲善温和,它们露出的狰狞可怖的面容使我第一次感到了山的威压!

后来,我终于有机会离开这养育了我十八年的高原山区。从重庆坐江船,沿长江奔流而下,那经验是难忘的。在江上深峡中,远眺苍翠秀丽、云遮雾罩的巫山十二峰,真是令人浮想联翩!巫山多雾,朝云暮雨,变幻莫测,自古就有许多美丽神秘的传说。中国古老的地理书《水经注》曾记载巫山之下是巫峡。长江从巫山流过，首尾一百六十里，"两岸连山，略无阙处；重岩叠嶂，隐天蔽日"，除了正午，几乎看不见太阳。两岸常有"高猿长啸"，声音凄厉，因此有渔歌说："巴东三峡巫峡长，猿鸣三声泪沾裳。"《水经注》还提到，据传说，巫山上有天帝的女儿居住，她的名字叫瑶姬。她未婚早夭，魂灵变成瑶草。这种草的叶子重重叠叠，开着黄色小花。相传女子吃了瑶草的果实就能获得一种魅力，使天下的男子都爱她。公元前三世纪的著名诗人宋玉曾写过《高唐赋》和《神女赋》，讲巫山神女的故事。这两篇赋说，宋玉曾和楚襄王一起来到一个叫作"云梦之台"的地方，看到瞬间变幻无穷的云雾。楚襄王问这是什么，宋玉说，这是"朝云"。楚襄王问"朝云"又是什么呢？宋玉就给楚襄王讲了神女的故事。他说，过去楚襄王的父亲楚怀王曾游巫山的高唐，梦见一个美丽的少女来看望他，并说自己是"巫山之女，高唐之客"，听说楚王来了，愿意和他相爱永好。经过美好的一夜，少女告别楚王，依依不舍地告诉他，自己住在"巫山之阳，高丘之阻，旦为朝云，暮为行雨，朝朝暮暮，阳台之下"。从梦境回到现实的楚王，看到的只是一片飘然消逝的云。他就命人在巫山上修了一座庙，纪念神女，并将这座庙命名为"朝云"。楚襄王听了这个故事，对神女无限思慕。这一夜，神女果然来到了他的面前；梦醒后，神女又像云彩一样飘逝。楚襄王十分惆怅，但再也无缘与神女一见。后来，朝云暮雨、巫山神女、高唐、阳台就都成了男女间发生性关系的美丽的隐喻。

关于巫山神女，还有另一个故事，说的是她与治水英雄大禹的恋情。传说大禹治水时，来到长江上游。当时巫山阻断长江水路，长江泛滥成灾，民不聊生。住在巫山之阳的瑶姬知道大禹会来，就打发侍女给他送去一本能召唤鬼神的书，并派了几位大神帮助大禹打通了巫山，使长江的水顺利流过。瑶姬做这件事，违背了天帝的意志。当大禹功成后去探望瑶姬时，她和她的侍女们已被天帝变成了十二座山峰，这就是我在巫峡船上仰望的"巫山十二峰"，其中最美丽、最奇峭的一座，据说就是瑶姬的化身。

与巫山神女相关联的还有一个更美丽、更幽怨、更多情的形象，那就是屈原笔下的"山鬼"。《山鬼》这首诗一开始就写一位美丽的少女出现在山的幽深处，她用藤萝一类的花草当作衣裳和腰带，眉目含情，露出一副可爱的笑容。她乘坐的是辛夷木做的车，还装饰着用芳香的桂花编织成的旗。拉车的是赤豹，跟随的是文狸。她一路用石兰等野花把自己打扮得更美丽。她一边走，一边采摘着芳草，她正要去赴一次约会，要将芳草送给她心爱的人。然而,这却是一次未实现的悲伤的约会。她的情人也许已经走了,也许根本没有来!她只能站立在"山之上",独自等待,一直等到云升雾起,风起雨落,猿声夜啼,黑夜来临!她空叹着岁月之易逝,惆怅忘归。她始终站在松柏之下,渴了饮山泉之水,等待情人,疑虑丛生。按照中国的传说,人,如果是不该死而死,阴魂不散,就会凝而为"鬼"。在我的心目中,山鬼一定是一个爱情失意而又始终期待着爱情的少女的幽魂。《山鬼》一诗把这个美丽的少女形象凝固了,她一直孤独地站在群山之巅,越过两千多年的风雨,来到我们心中。她始终是我最心爱的中国文学所塑造的美丽形象中的一个。

# 漫谈女性文学在中国

"女性"这个符号在中国文化中,也像在其他文化中一样,有着极其复杂的内涵,并且一向由男性定名、规范和解释。中国古典文学中的女性主要有以下四种类型:

第一种是绝代佳人。她们是男性所追求、为满足男性欲望而存在的"美丽之物"(尤物)。绝色美人总是和灾祸联系在一起。她们不仅是男人欲望的对象,也是男人失败的替罪羊。许多文学作品都描写皇帝如何沉迷于女色,导致国破家亡。然而男性所写的历史指责的却不是皇帝而是女人。

第二种是贤妻良母。中国是一个强调"百善孝为先"的国家,因此,抚育儿女的母亲具有很大的权威。母亲多被描写成对子女的成才负有极大责任之角色,因而也有极大的权威。在《红楼梦》中,当一家之长鞭责儿子时,偏祖孙子的祖母一出现，儿子就得跪下请罪。只是她们所维护的都是男性所制定的规范。《红楼梦》中的祖母在迫使叛逆的孙子就范时，与她的儿子并无二致。

第三种是侠女英雄。中国小说戏剧中有许多才华盖世、武艺高强的女英雄。她们的聪明才智远远超越男人并常拯救对方于困境，但在经历一番辉煌之后，都不得不重返男性为她们设定的旧轨，结婚生子，再也不过问家庭以外的事。

第四种是以死相拼的女英烈，如《桃花扇》中的李香君、陈寅恪笔下的柳如是。

中国传统文学中这四种不同的女性从不同层面揭露了男权社会对女性的剥夺和压抑。这样的文学只是"描写女性的文学"，却不是今天意义上的"女性文学"。

中国的女性文学始于二十世纪初。中国现代文学的诞生和发展始终伴随着女性浮出喑哑无语的世界，并寻找各种可能呈现自己。这种呈现自己的挣扎和奋争主要表现在以下三方面：

第一，女性要改变自己的生活定式，不再成为满足男性欲望和繁殖后代的工具，最切近的选择就是对夫权和父权的反叛，逃离家庭。"我是我自己的，他们谁也没有干涉我的权利！"（鲁迅《伤逝》）然而，什么是"我自己"？"我自己"作为一个"空洞的能指"，并没有确定的内涵，甚至没有足以形成这种内涵的话语。逃离家庭的女性已不再是原来意义上的女儿、妻子、母亲，那么，她们是什么呢？当时的"新女性"们只能从一个家庭浮现，又在另一个家庭沉没，回归于原来的角色。鲁迅的《伤逝》就深刻地描写了这种情形。

直到二十世纪三十年代，情况才有所变化。大都市的发展为逃离家庭的新女性提供了新的可能。她们可以投身社会，逃脱寄生的命运。然而，她们仍然很难成就自己的事业，大部分也只能成为都市文化市场橱窗中的"一只花瓶"；女性如果不走这条路，就只有恋爱、结婚，建立家庭。然而，"男主外，女主内"的男权社会结构并没有改变，一旦结婚，这种结构模式又变得坚不可摧。妻子无权参与丈夫的生活主流（"外"）。妻子为了防范丈夫有外遇，不得不用尽心思。二十年代初期曾经作为神圣的"拯救"偶像的"爱情"已经让位给背叛与反背叛、抛弃与反抛弃、出卖与反出卖的无休止的"两性之战"。

二十世纪八十年代，中国社会经历了巨大变化。妇女已不再是色相商品，她们可以找到发挥她们专长的职业，"夫妻之战"也不再是家庭生活的主流。然而，两性生活中的平庸、单调和由于太熟悉而互相厌倦的现象却依然存在。对于广大婚后的女性来说，被人吞没的命运是那样不幸，坚守自我却又须付出巨大的代价。这样的两难处境仍然是许多女性不能不面对的问题。

第二，是关于女性的自我认识，也就是如何取得女性的精神上的独立。中国文学从五十年代到七十年代塑造了一大批浓眉大眼、"不爱红装爱武装"的男性化的女性人物，"男人能做的一切，女人同样能做"。这样的女性以放弃自己的女性特点为代价，在国家建设和战争中起了很大作用，但并非所有女性都愿意如此。如张辛欣所说："上帝把我造成女人，而社会生活要求我像男人一样！我常常宁愿有意隐去女性的特点，为了生存，为了向前闯！不知不觉，我变成了这样。"（《我在哪儿错过了你》）

进入二十世纪八十年代，特别是八十年代后期，许多作品都反映了一种女性渴望把自己从男性中区别出来的热潮。这种对女性自我的认识，从性别经验的差异入手，从风格、结构、主题、文体以至文学史等各个方面，寻找出女性文本的特色，扩展为对整个女性文化的探索。这种研究对于消解男权社会、启发女性自觉，无疑起了很重要的作用。然而，这种对女性经验的分析正是以男性为参照系而得出的，始终在男女二元结构的框架之内，因而也很难超越阳刚、阴柔之类的传统分野。如果只强调女性经验和女性特殊的心理，势必将女性局限于狭小的女性天地而放弃了与男性共处的广阔空间。总之，既反对女性的"男性化"，又不愿囿于女性的"女性化"，如何才能超越这一悖论，正是中国女性研究面临的另一个重要问题。

第三，女性和社会的关系。事实上，女性不可能生活在只有女性的环境，而是生活在男女共同组成的复杂社会之中。著名女作家张抗抗在《我们需要两个世界》一文中，主张首先应该关注"这个世界上男人和女人所面临的共同的生存和精神的危机"。她问道："当人与人之间都没有起码的平等关系时，还有什么男人与女人的平等？"因此，首先应该写那些"使男人和女人感到共同苦恼"的、"迫切有待解决的问题"。和张抗抗持相同观点的作家和批评家们认为，女性文学在给女性自身以启迪的同时也必须给其他所有人以启迪，这就既要有女性内容和女性意识，又要超越女性内容和女性意识，否则女性文学只是"女性的文学"，而不可能成为其他一切人的文学。事实上，中国百年来社会斗争的胜利都是男性和女性共同奋斗的结果。整整一个世纪，中国涌现出了无数与男性并肩作战的女英雄，可惜从女性文学的视角对她们进行研究和反映都很不够。

总之，二十一世纪将是一个世界性的文化、社会的转型时期。所谓转型就是观念的全面更新，一切曾经被认为是确切不移的道理和成规都要重新受到检验和评估，并决定取舍；这将是一个横向开拓，边缘与中心、上层与下层交叉发展，多元并存的时期。女性主义的突起正是这一文化社会转型的一个重要现象。它的意义就在于对原有社会的不平等的两性结构进行彻底颠覆。几千年来，无论在东方还是西方，这种结构体制统治了整个社会。这不仅大大压制了女性的积极性与创造性，也压抑了男性在很多方面发展的可能，这种可能只有在男女平等、互补的条件下才会变成现实。

这种颠覆并不是寻求一种倒转过来的"阴盛阳衰"的新模式，也不是以抹杀男性和女性特点为代价。事实上，男性和女性的不同特点恰恰显示了人类把握世界的不同途径和方式，也是人类丰富的精神能力在不同性别群体上的体现，它们原来就不是互相压制和抵消，而是互相补充和相得益彰。女性主义不应是以摆脱男性为最终标志，女性文学也不是以造就一个由女作家、女评论家和女读者群构成的"女性文学"网络，同男性相抗衡。未来更合理的性别结构应是各自发挥所长，"男女共同主外，男女共同主内"。只有这样，男性和女性的聪明才智才能不受拘束地得到充分发挥。

面向二十一世纪，唯有男性和女性的相互谅解和通力合作才能面对人类共同遭遇的复杂局面。越来越多的女性认识到，并不一定要在与男性的对立中来发现自我，男性和女性之间并不需要对抗，而是需要不断充实和完善自己，更多地合作，以形成一个不断进取、丰富而美好，也更富于魅力的精神世界。

# 叛逆、牺牲、殉道
## ——现实和文学中的中国女性

二十世纪以来,中国妇女生活的伟大变化是世界上任何地区也难以比拟的。随着二十世纪初的辛亥革命和五四运动的酝酿及其发展,中国妇女的觉醒与反抗也从萌芽状态迅速走向高潮。这一过程的急遽和迅速在全世界妇女解放运动历史上也是罕见的。何以如此?这是和以下几个特点分不开的:

首先,人们常常把五四运动称为"中国的文艺复兴",意思是说,和西欧一样,这也是一次以人文主义为中心的思想解放运动,目的在于恢复人作为人的本来面目。果真如此,西方的文艺复兴与中国的文艺复兴也有很大不同。前者所提倡的人文主义首先是要把人从"神"的控制下解放出来,以反抗以宗教法庭为代表的宗教神权为主要内容;而中国人面对的首要问题则是从统治中国几千年的专制意识形态传统中得到解放，这一传统最突出、最重要的特征之一正是它所规定的妇女的"非人"的地位。因此，凡抗击专制意识形态、倡导人文主义的先驱者，都不能不强调这一传统对妇女非人的残酷迫害。五四运动前夜，鲁迅最早的两篇最长的白话论文《我们现在怎样做父亲》和《我之节烈观》都是猛烈抨击封建专制的伦理道德，保护妇女儿童，鼓励妇女的反叛精神的。这两篇文章被看作五四思想解放运动的号角绝不是偶然的。此后，妇女解放问题一直是中国思想解放运动的一个重要内容，受到改革者和社会舆论的广泛重视。

其次，中国的妇女解放运动始终是和社会改革运动结合在一起的。当然，"男女平等"也一直是中国妇女解放运动的一个十分重要的口号，但她们不是把男人作为对立面，并不认为只有和男人作斗争才能达到男女平等，而是与男人并肩作战，在改造社会的共同事业中来达到这一目的。鲁迅在讲演《娜拉走后怎样》和他的短篇小说《伤逝》中，早就指出如果没有根本的社会改革，妇女解放、男女平等也只能是一句空话。《伤逝》的女主人公子君十分勇敢，她的座右铭是："我是我自己的，他们谁也没有干涉我的权利！"但是，当她背叛家庭，毅然出走之后，在那样一个毫无希望的旧社会，也不可能有什么好的前途，正如鲁迅所说，她的前途只能是"堕落"或是回来。当然，这并不是说社会改革了，妇女问题就都解决了，这里还有许多关于妇女特殊的问题，但在中国的历史条件下，没有根本的社会改革，就谈不上任何有关女性的实质性的改革。中国妇女只可能在根本改造社会的过程中求得自身的解放，这就使中国妇女运动始终集中力量于主要社会问题而培养出一大批妇女活动家。一个困苦而动荡的社会与一个稳定发展的社会的妇女问题显然是很不相同的。

再次，数千年的封建专制统治在思想、感情和心理等各方面都对中国妇女造成很深的束缚和残害。不首先摧毁这些精神枷锁，就不可能有真正的妇女解放。五四时期许多有价值的作品都体现着对这类精神压制的冲击。鲁迅的《我之节烈观》激烈反对妇女为丈夫守节的传统观念；胡适的《终身大事》鼓吹妇女反抗旧家庭，和所爱的人结婚；郭沫若的诗剧《三个叛逆的女性》歌颂了蔑视旧礼教、敢于与爱人私奔的寡妇卓文君，和敢于违皇帝之命、维护个人尊严的王昭君，以及为祖国复仇献出生命的聂嫈。当时许多文章直接而广泛地讨论"性"和"贞操"这一对妇女禁锢最为森严的禁区。

茅盾吸取了尼采所阐发的希腊酒神精神，塑造了慧女士、孙舞阳等解放的"时代女性"的形象，她们声称:"我们正当青春,需要各种刺激,需要心灵的战栗,需要狂欢。刺激对于我们是神圣的、道德的、合理的。"她们甚至宣称:"既定的道德标准是没有的,能够使自己愉快的便是道德。"这和那些遵循"三从四德""笑不露齿"的传统女性是多么不同!茅盾的第二部小说《虹》的主人公梅女士更明确地强调:几千年来,中国的妇女都是用她们的"性"和"美"供别人享乐,今天,也应该利用它们为自己的享乐和利益服务。她为了替父亲还债,毫不犹豫地嫁给自己不爱的人,然后出走,使他人财两空。茅盾的许多作品都强调了妇女不仅要从客观的社会桎梏中解放出来,而且也要从主观的传统封建意识中得到新生。他所创造的这类典型妇女形象在中国传统文学中是完全崭新的,对后来的文学创作有很深的影响。二十世纪三十年代,丁玲笔下的莎菲女士:一个精神苦闷,企图从爱情和叛逆中寻求解脱,在性和爱情方面都大胆、主动追求的少女;曹禺在《雷雨》中塑造的繁漪:一个不顾一切道德规范,爱恋丈夫前妻之子,失恋后又疯狂复仇的女人。这些人物显然都和茅盾笔下的女主人公一脉相承。

要破除这长期形成的思想束缚是极其不易的,特别是在农村。在二十世纪四十年代的著名歌剧《白毛女》中,我们仍然可以看到女主人公渴望嫁给她并不爱,甚至仇恨的强奸者的幻想,这只能是"从一而终""一女不事二夫"这类道德观念强加于她的精神枷锁。

由于中国妇女肩负着特别沉重而又久远的历史负担,旧的模式根深蒂固,如鲁迅所说,就是开一扇窗户、搬一张桌子也不得不付出血的代价!因此,中国妇女运动自始至终贯穿着一种自我牺牲的殉道精神。从它最早的前驱秋瑾开始,就是如此。秋瑾1904年到日本留学后,写下许多呼吁妇女解放的诗文;回国后,她在故乡办女学,训练女兵,密谋推翻清朝政府。1907年,她的密友徐锡麟因暗杀政府官员被判处死刑。人们力劝秋瑾逃离故乡,她却带着她的几个女兵进行自知必败的冒死一战,怀着殉道就义的决心,最终被擒获斩首于绍兴。湖南妇女向警予十七岁就投身于妇女解放运动,是二十世纪二十年代中国第一批到法国勤工俭学的领袖。回国后,她为上海丝厂和烟厂女工的罢工运动做出了重要贡献。1928年被捕入狱,她还领导了狱中的绝食斗争,最终视死如归,被敌人枪杀!近百年来,这些为真理、为理想、为自身解放而英勇献身的妇女英雄真是举不胜举!中国妇女正是在这样觉醒、叛逆、奋斗、牺牲、殉道的过程中获得了自己的初步解放,逐渐成熟起来。

二十世纪后半叶,第二次世界大战后,人类有了新的觉悟，世界也有了一定进步。中国二十世纪五十年代的新《宪法》和《婚姻法》从法律上保障了妇女解放、男女平等，应该承认一般妇女的生活比过去有了相当大的改善。然而，中国妇女传统中的牺牲、殉道、叛逆精神却从未中断。

北京大学中文系的女学生，向有"才女"之称的林昭，在才华横溢的十九岁，只因写诗呼吁改革不合理的社会现象，号召人们警惕特权和等级制度的危害，1957年被定为"右派"，被逐出学校。当时，一般说来，"右派"很少入狱，只要"承认错误""悔过自新"，虽然打入另册，也还能生活下去。但林昭不但不承认自己有错，而且还坚持认为整个"反右运动"是根本错误的。她甚至和其他几个"右派"相约，计划出一些小型印刷品来宣传自己的主张；她们还翻译了南斯拉夫共产党的纲领，认为那是一个值得学习的纲领。就这样，她被捕入狱。没有申诉，没有审判，没有判决，一关就近二十年。她在狱中写了很多诗，有时用笔，没有笔，就用指头上的血来书写！她始终毫不妥协地攻击一切她认为不合理的现象；直到二十世纪七十年代后期，有一天，她以"恶毒攻击反革命罪"被判处死刑：枪决。她的母亲和妹妹接到了一个通知，要她们前去缴纳七分钱的"子弹费"。作为反革命家属，她们必须为穿透林昭胸膛的这粒子弹付钱！1980年，在同学们为她筹办的追悼会上，白菊花簇拥着她年轻美丽的遗像，两边是一副无字的对联：一边是一个触目惊心的疑问号，另一边是一个发人深思的惊叹符！此时无声胜有声，两个浓墨大写的简单符号概括着多少无法言说的历史，见证着鲜血所换来的多少年轻人的觉醒。

二十世纪五十年代初期，在人民大学研究俄国文学的高才生张志新，拉得一手好提琴。1969年他在"文化大革命"高潮中被"四人帮"逮捕，唯一的罪名是"恶毒攻击文化大革命"！她始终认为这场"文化大革命"是我们民族的一场大灾难！就为讲这样一句真话，她以生命作为代价。最后一次谈话时，人们告诉她，如果她"悔改"，还可以争取"宽大处理"；然而，她说，她还是愿像一支蜡烛，既然点着了，就燃烧到最后！当权者怕她喊出真理的声音，竟然在走出监狱之前，预先割断了她的气管！就这样，她傲然就义于刽子手的屠刀之下，留下两个年幼的孩子！1979年，在中山公园，北京的青年们为她召开了盛大隆重的追悼会。许多年轻人在会上朗诵了献给她的诗篇。一个很年轻的诗人雷抒雁在他那首献给张志新的著名长诗《小草在歌唱》中，有这样几段：

风说：忘记她吧！
我已经用尘土把罪恶埋葬。
雨说：忘记她吧！
我已用泪水，
把耻辱洗光。

…………

只有小草不会忘记，
因为那殷红的血，
已经渗进土壤。
那殷红的血，
已经在花朵里放出清香！

…………

我们有八亿人民，
我们有三千万党员，
七尺汉子，
伟岸得像松林一样！

…………

可是，当风暴袭来的时候，
却是她冲在前边，
挺起柔嫩的肩膀，
肩起民族大厦的栋梁！

…………

如丝如缕的小草哟,

你在骄傲地歌唱,

感谢你用鞭子

抽在我的心上,

让我清醒。

昏睡的日子,

比死更可悲;

愚昧的日子,

比猪更脏!

诗,当然还很幼稚,但以它的纯真表明张志新的死震撼了多少青年的心!

马明珍,一个刚满三十岁的年轻女化工技师,牺牲在我的故乡贵阳,那落后而又偏僻的山城。就因为她在林彪极盛之时,竟敢撄其锋,公开宣称毛泽东主席决定让林彪做接班人完全错误,将这个错误写进党纲和宪法就更为错误!她当然立即就被判为"现行反革命分子",立即枪决!她也曾被劝告"悔改"以保全性命,但她却坚持自己只不过说了真话:"说了人民想说的话,也许是说得早了一点!"她被绑在一辆卡车上,在押赴刑场的路上,绕城一周,游街示众。如果说在这种传统的、野蛮的游街过程中鲁迅笔下的阿Q还能喊出一句"二十年后又是一条好汉",那么,马明珍却一个字也喊不出来,因为有人怕她的声音被人民听见,她的下颌骨已扭曲脱臼!八十年代平反后,她牺牲的悲壮史实详细记载于山城的《贵阳文艺》。

时代变化了,历史在前进。这些伟大女性在我们心中所曾唤起的种种深思和激情难道真的泯灭了吗?这些伟大女性用她们的头颅和鲜血构筑起来的中国妇女奋斗、牺牲、叛逆、殉道的光荣传统难道就这样被遗忘了吗?那些无穷无尽地描写女性身边琐事、男女纠葛以及女性玩世心态的作品难道真能成为当今女性文学的主流吗?我想回答应该是否定的。

# 情感之维

当社会越来越重视金钱、权力等物质时,知识世界与人类情感世界的距离也似乎越来越遥远了!当今的教育制度往往集中于提高学生的知识水平,而很少顾及学生情感世界的塑造与培养。其实,中国传统文化一向是十分重视"情"的。公元前两百多年,就已有"道始于情,情生于性"的记载(郭店竹简),后来孔子提出"亲亲""爱人",孟子提出"人皆有不忍人之心","恻隐之心,仁也"。他们强调的都是出自内心的至情。这样的至情从爱父母的亲情、爱兄弟朋友的友情、爱自己所爱者的爱情,到爱一切受难者的"泛爱众"的同情,从小到大构筑了一个人的情感世界。

情感世界是需要培育的,没有培育,就会像荒芜的花园,日趋凋零,甚至成为荆棘横生、藏垢纳污的场所。语文教育（包括英语读本）是培养青少年情感世界最重要的途径之一。记得我上初中时，各校广泛采用的课本都是由夏丏尊、叶圣陶等主持的开明书店出版的。鲁迅的《秋夜》、朱自清的《背影》、安徒生的《卖火柴的小女孩》、王尔德的《快乐王子》等，都是我第一次从这些语文课本或英文课本上读到的，在情感上受到最初的熏陶。后来，到了高中，我的语文老师特别喜欢古诗词，常给我们补充一些这方面的知识。记得短短的"春眠不觉晓，处处闻啼鸟。夜来风雨声，花落知多少"四句诗，他讲了一堂课，他的朗诵和他的陶醉深深感染着我们，教我们如何关注身边的大自然，欣赏大自然的节律，懂得一切美好的事物都不可能永驻！他的解读，积沉于我的情感世界，至今有时还会莫名地冒出来占据我的心灵。

1948年，我上北大时，北大中文系一年级设有大一国文和"现代文学作品选读"课，分别由系内享有极高威望的沈从文教授和废名教授主讲，这是当时的重点课程。之后，中文系二年级有"文艺习作"，三年级有"议论文习作"，四年级有"社会调查习作"。这些课程所讲解的每一篇范文，对每一篇学生习作的评讲，都培育着学生的高尚情操，是陶冶青年性情不可或缺的环节。可惜由于院系调整，这些课程都被取消了，即便还有作品选读之类，也都更着重于知识的系统讲授，情感之维被大大地淡化了。

目前，整个教育机制对教师和学生的评价日趋物化和量化，教师的考核标准和学生的升学期待，都离情感的培育越来越远，教学关系越来越像一种知识的贸易关系。这不能不和中国传统的教育观念大相径庭。儒家强调"兴于诗，立于礼，成于乐"，认为教育的过程就是一个塑造人格、追求人性和谐完美的过程，也就是一个情感培育的过程。当前日益盛行的网络教育更进一步切断了教师和学生之间的感情联系，教育不再是一个让人社会化和人情化的进程，而是使学生在一个虚幻的群体形式之下维持着孤立的个体。他们时刻只看见自己，因此他们同这个世界更容易建立起来的常常是一种索取而非给予的关系。

总之，目前的教育体制只着重于让学生在智力上获得训练，而情感教育方面却近乎荒芜！这不能不说是一个严重的问题。最近听说北京语言大学中文系的青年教师们利用各自的专业所长，为应届新生开设了"情感教育"这门迟到的课程，试图用各自所掌握的各种情感话语，让学生深刻领悟，并重塑自己的精神世界。学生们回馈他们的是：这个课程引起了自己的情感震撼或"精神地震"，认为这是前所未有的、极其重要的精神洗礼。青年教师们开创性的尝试取得了令人欣慰的成绩。

# 问世间"情"为何物

"情"是中国传统文化的一个重要关键词。近年出土的、成书于公元前两百余年前的郭店楚简《性自命出》篇更是明确记载:"道始于情,情生于性","性自命出","命自天降"。为什么说"道始于情"呢?这里说的"道"是指可以言说的那个"道",而不是"道可道,非常道"的那个高于一切、不可言说的"常道"。这可以从《性自命出》篇的第四节和第九节提到的"唯人道为可道也"得到证明。可见"道始于情"的"道"是指可以言说的人之道,即社会之道、做人之道。"道始于情"就是说"人之道"是从"情"开始的,社会和人的发端首先是由于人与人之间存在着"情";而"情生于性","情"是由人的本性中生发出来;人的本性又是由天命所赋予。"天命"按儒家的说法,有种种含义,但大体可以解释为一种超越于万物之上、可以支配万物的力量和必然性。"命自天降",是说"情"的存在不以人的意志为转移,而是"天"作为一种非人的力量所表现出来的必然性。

为什么说社会之道、做人之道是从"情"开始的呢?在儒家看来,这种天生的"情"首先表现为父母儿女之间天然的亲情。有了这种爱自己亲人的感情,才会"推己及人",做到"老吾老以及人之老,幼吾幼以及人之幼"而建构成社会,因此是社会人生的出发点。郭店竹简中《唐虞之道》谓:"孝之方,爱天下之民。"对父母之爱的扩大,就是爱天下的老百姓。因此,《礼记·中庸》说"情欲未发,是人性本初"。又说:"仁者,人也,亲亲为大。"孟子也说:"亲亲,仁也。"(《告子下》)先秦儒家的社会伦理学说是建立在以家族"亲情"扩而大之的孔子"仁学"的基础之上的。中国古代社会是以家族为中心的宗法社会,亲情是维系家族的基础,也就是维系整个社会的基础。

既然是"情生于性","情"和"性"又是什么关系呢?可以说"性"是静止而深藏于内的,如孟子所说的,人皆有之的"恻隐之心""羞恶之心""恭敬之心""是非之心"之类。这些人的天性深藏于内,由于"物"(外在的东西)的刺激,发挥出来就表现为各种各样的"情",也就是说存在于心的"喜怒哀悲之气,性也""凡动性者,物也"。"性见于外","情"也,所以说"性静情动"。"性静情动"之论,最形象的表述或为《礼记正义》引贺玚的话,他说:"性之与情,犹波之与水,静时是水,动则是波;静时是性,动则是情。"《礼记·乐记》也说"人生而静,天之性也;感于物而动,性之欲也","性之欲"就是"情"。

那么,"情"和"欲"又是什么关系呢?儒家的荀子强调"性恶",他常将"情"和"欲"分开来谈,认为无限制的"欲"是"恶"的根源,但他仍然承认"欲"是自然合理存在的。他说:"凡人有所一同:饥而欲食,寒而欲暖,劳而欲息,好利而恶害,是人之所生而有也,是无待而然者也,是禹、桀之所同也。"关键在于"节用御欲","欲虽不可去,求可节也"。但也有一些儒家并未把"情""欲"截然分为两个概念。如《礼记·礼运》曾有"何谓人情?喜、怒、哀、惧、爱、恶、欲,七者弗学而能"之说,此处之"欲"是作为"人情"之一种而提出来的,或即指该篇下面所说的"饮食男女,人之大欲",肯定"饮食男女"是人性自然的要求,所以告子说:"食色,性也。"儒家不反对"情"和"欲",但提倡对"情欲"加以节制。《吕氏春秋》指出:"天生人而使有贪有欲。欲有情,情有节。圣人修节以止欲,故不过行其情也。故耳之欲五声，目之欲五色，口之欲五味，情也。此三者，贵贱、愚智、贤不肖欲之若一，虽神农、黄帝，其与桀、纣同。圣人之所以异者，得其情也。由贵生动，则得其情矣；不由贵生动，则失其情矣。此二者，死生存亡之本也。"对于"情欲"的是否节制和是否节制得当被视为"死生存亡之本"，足见其对于节制"情欲"的重视。关于"情欲"讲得最好的是朱熹，他说："性所以立乎水之静，情所以行乎水之动，欲则水之流而至于滥也。"他认为如果把"情"比作水，"欲"便是水的泛滥，他也认为"性静情动"，而"欲"是对"情"不加节制地过度泛滥。

可见儒家对待"情"和"欲"的基本态度是节制。道家与此不同，庄子虽认为应该"以情欲寡浅为内"，但他的根本原则是顺应自然，而不是人为的"节制"。他认为"神人"的最大特点就是"致命尽情"。（成玄英疏谓："穷性命之致，尽生化之情，故寄天地之间未尝不逍遥快乐。"）只要率性之真，何必节制？所以说"性情不离，安用礼乐"？而"情"最根本的性质就是自然、率真。所谓"情莫若率"。什么是率真？庄子说："真者，精诚之至也。不精不诚，不能动人。故强哭者虽悲不哀，强怒者虽严不威，强亲者虽笑不和。真悲无声而哀，真怒未发而威，真亲未笑而和。真在内者，神动于外，是所以贵真也。"真也就是自然，"真者，所以受于天也，自然不可易也。故圣人法天贵真，不拘于俗。愚者反此。"（同上）总之，能够"达于情而遂于命"的人，就是圣人，而最"可羞"之事乃是"以利惑其真，而强反其情性"。也就是因为利益而以假乱真，强制自然之情性服从于某种利害的打算。归根结底，庄子的思想和《性自命出》的论述一样，强调自然之"情"乃是"道"的根本，因此说："夫道，有情有信，无为无形。"

儒家强调"节制"，什么才是节制，如何节制呢？"节制"的规范是"礼"，"礼"的基础是"差等"。既然儒家的社会伦理学说是建立在家族"亲情"和"推己及人"的基础之上的，爱别人不可能和爱自己的亲人一样，那就必然是"爱有差等"。《论语》第一章《学而》说"弟子入则孝，出则悌，谨而信，泛爱众"，"爱众"是从"孝悌"推演出来，不是无差等地"博爱"一切人，这和作为基督教伦理基础的"上帝普爱世人"有根本的不同。"有差等"，就必然要对这种"差等"有所规范，使人各安其位，以维持社会的稳定。这种规范就是"礼"。因为"礼"是从"亲亲"开始的，因此儒家强调，"礼"不是凭空制定而是从"情"而生。《性自命出》明确指出："礼作于情"；《语丛一》说："礼因人之情而为之";《语丛二》又进一步说:"情生于性,礼生于情。"太史公也说:"余至大行礼官,观三代损益,乃知缘人情而制礼,依人性而作仪,其所由来尚矣。"荀子在《礼论》中则更强调"礼"的"制欲"作用,他说:"礼起于何也?曰:人生而有欲,欲而不得,则不能无求;求而无度量分界,则不能不争;争则乱,乱则穷。先王恶其乱也,故制礼义以分之,以养人之欲,给人之求,使欲必不穷乎物,物必不屈于欲,两者相持而长,是礼之所起也。"

然而,事实上,"礼"一旦形成并得到巩固,就反过来,对"情"加以严格限制。"礼"虽生于情,却有了自己的独立发展,而逐渐演变为仁、义、礼、智、信等行为规范,所以说"始者近情,终者近义"(《性自命出》)。"礼"最终规定着人的社会地位和行为,"越礼"之"情"受到社会礼教的极大压制,这种压制不仅是外在的,而且渗透到人的内心深处,成为难以摆脱的对人性的桎梏。这就在中国文化中形成了一种十分独特的现象:一方面是将"情"抬高到一切行为之源的高度,另一方面又把"情"压制到几乎被一切社会伦理道德窒息的最底层。也许正因为社会对其极端重视,所以无时无刻不对其管制约束,乃至禁锢。

这种现象在文学中表现得极为突出。中国文学的经典《毛诗序》指出诗的本质是"情","情动于中而形于言,言之不足故嗟叹之,嗟叹之不足故咏歌之……",但紧接着就说任何"情"都必须"止乎礼义"。"发乎情,民之性也;止乎礼义,先王之泽也。"这一原则成了中国文学写"情"时不可逾越的界限。这种社会对"情"的压制在中国小说中无所不在。值得注意的是这种对"情"的桎梏不仅表现在现实生活中的"非礼勿视""非礼勿动"等,而且深藏于人的内心,无时无刻不钳制着人的感情。西方文学也常写到社会对于"情"的压制,但大部分是写外在的压迫,较少及于内心深层的自我束缚;莎士比亚笔下的朱丽叶和曹雪芹笔下的林黛玉同样为"情"而死,但前者可以去追求"情",后者却始终说不出口,更不用说付诸行动!杜丽娘要说出自己内心的"情",也只能在死后"还魂"。中国许多美丽的爱情故事都只能假托于虚幻与鬼狐。

"情"要受"礼"的制约,就不能不和自然因"情"而生的"欲"相割裂。

在中国传统文学中,"情"和"欲"基本上是截然分开的。贾宝玉可以对薛宝钗笼着红麝串的粉臂怀有欲望,对已婚的秦可卿产生"性幻想",但对于最钟情的林黛玉却始终是纯情无欲的;彼此相爱的梁山伯和祝英台同床数年却始终在两人之间放着一碗清水,并认为这是神圣不可逾越的界限；至于与"欲"有牵连的崔莺莺和卓文君等人则被视为"奔女"，历来都受到传统文人苛刻的评判。西方文学中虽也有柏拉图式的爱情，有贞女和妖女的分野，但总的说来，"情"和"欲"是相结合的，多半认为"欲"与"情"伴生，是"情"的自然结果。中国文学由于"情动于中"必须"止乎礼义"，这种桎梏深入骨髓，就不能不产生一些现在看来十分可笑的情景。《老残游记》第九回有一段描写，一位妙龄女郎深夜与男伴单独相对时，说的却是："《关雎》序上说道：'发乎情，止乎礼义。'发乎情，是不期然而然的境界。即如今夕，嘉宾惠临，我不能不喜，发乎情也。……以少女中男，深夜对坐，不及乱言，止乎礼义矣。此正合圣人之道。"这种情景虽不无反讽，但在传统小说中是很典型的。

由于长期以来受到"礼义"的压制，中国传统小说在作为文学根本的"情"上，很难突破以下几种模式：其一是虚幻化，"上穷碧落下黄泉，两处茫茫皆不见"，如《红楼梦》中的太虚幻境，"情"只能在灵河岸上、三生石畔，离恨天外的赤瑕宫之类的地方去寻找；其二是距离化，拉开时间和空间的距离，用"等待戈多"式的无穷无尽的等待来淡化感情，使之就范，如牛郎织女、望夫石之类的传说，以及王宝钏十八年独守寒窑等；其三是道德驯化，屈从于"礼义"的道德规范，如长诗《孔雀东南飞》，杨周翰先生曾指出与西方文学相对而言，中国少有婚前所写的热烈的情诗，却有更多怀念亡妻的哀婉的悼亡诗，其原因恐怕也在于此；其四是功利化，以"发乎情"而不"止乎礼义"，以至于"乱"的不幸故事作为反面教材，使人警醒，达到所谓"以情悟道""以幻解幻"的目的。有人说《红楼梦》也是以"红尘"作为"看破红尘"的启蒙仪式，有一定道理。许多短篇小说关于"情"的故事更是"看破红尘""因果报应"的注脚。

当然，也有与上述模式完全不同的另一种模式，例如宋玉在《高唐赋》和《神女赋》中所赞美的那个居于"巫山之阳，高丘之阻，且为朝云，暮为行雨"的巫山神女，她曾自由地来与楚怀王欢会，"愿荐枕席"，但当楚怀王的儿子重游云梦又见到神女时，她却先是迟疑不决，"意似近而既远"，"若将来而复旋"，接着是"薄怒以自持"，"曾不可乎犯干"，最后是"摇佩饰，鸣玉鸾，奁衣服，敛容颜"，"欢情未接，将辞而去"，不管襄王如何"惆怅垂涕，求之至曙"，也是枉然。有学者分析说神女两次出现时的不同态度反映了"超我"对"本我"的压抑，其实从神女的形象中，我们看不出任何压制和拘束，倒是活画出一个来无迹，去无踪，喜怒无常，使气任性，想来就来，想走就走的自由女性。如果她真是一个"超我"压倒"本我"的"守礼"之人，她又怎么可以自由自在地来到楚怀王的梦境，"愿荐枕席"，而又不把这位国王的儿子楚襄王放在眼里呢？宋玉笔下的巫山神女和屈原塑造的山鬼一样，都是按自己的意愿来生活的美丽而勇敢的自由之魂。她们在中国文学史上，第一次展现了浓艳铺张而自由的女性之美。可惜她们所代表和体现的不受"礼义"压制的"情"并没有在正统文学中得到发展，而是深深隐入了民间文学的潜流。

在这样全方位的压制下，与文学创作中对"情"的窒息相对应，无论是中国的小说理论还是中国的诗论，对人与人之间"纯情"的研究和强调都是很不够的。"纯情"的研究往往消解于"情理"和"情景"的研究之中。如《文心雕龙》谈到"情"的地方不少，但绝大部分是与"理"相连，"辨骚""明诗""诠赋"谈的都是"情理"；别的很多章节，谈的也是"情理"，如说："情理设位，文采行乎其中"（《熔裁》）；"夫情动而言形，理发而文见"（《体性》）；"率志委和，则理融而情畅"（《养气》）；"控引情理，送迎际会"（《章句》）；等等。"情景相触""情景交融"在中国文论中更被认为是创造艺术意境的根本。如谢榛在《四溟诗话》中说，"夫情景相触而成诗，此作家之常也"。"情景兼到，骨韵俱高"历来被认为是诗之极品。至于有关"纯情"的分析,尽管陆机早就强调"诗缘情而绮靡",却未能得到深入发展,特别是在后来的小说、戏剧理论中,有关"情"的分析,尤其是有关"纯情"的心理分析更是常常付诸阙如。

郭店楚简倡言"道始于情",中国文化曾对"情"给予极其崇高的地位,但同时又规定了"始者近情,终者近义",发自内心的"情"一旦外化为行为,就不能不受到"礼"的束缚和禁锢,甚至本身就演化为"礼义"。这一方面成全了儒家的最高理想:"极高明而道中庸",不为已甚,排除爆发力,造就了中国文学艺术的"中和之美";另一方面,又不能不对千百年来道家所主张的自然之情,即率真的人性之情加以压抑和扼杀。

# 我的五字人生感悟

我的一生可以说体现着佛经讲的五个字,并可用之加以表述。佛经认为人的一生贯穿着五个字。

第一个字是"命"。你必须认命,比如说你生在哪一种家庭,你长成什么样,你没法选择。你生在一个贫农家庭和你生在一个大富豪家庭肯定是不一样的,这是命,是你不能选择的。这叫"命中注定"。

第二个,我觉得是"运","时来运转"的"运"。这个"运"是动态的,如果说"命"是注定的、不动的,而"运"则是动的。我常常觉得自己有很多"时来运转"的时候,也有很多运气很糟糕的时候。好多时候,你觉得你没有做什么,可就是发生了某种"运"。比如当时我们刚大学毕业,作为北大中文系的一位年轻教师,想和伙伴们办一个能发表年轻人文章的学术刊物,并难免有几分狂妄地拟名为"当代英雄"。为此，尽管1958年"反右"已经快结束了，我还是被补进去，划成了"极右派"。我为此离开学术界二十多年。后来我研究比较文学，也真是"时来运转"。那时已经是1981年了，我都已经五十岁了。也是非常偶然的，我也不知道怎么就被选去哈佛大学做访问学者了，而且，不单是在哈佛大学访学了一年，当时加州大学伯克利分校有人来哈佛大学开会，看见我，就邀请我到他们那儿做两年客座研究员。我完全没有想到！怎么可能呢？伯克利分校和哈佛大学都是很好的学校。后来，我就相信这个"运"，就是说"时来运转"。"运"是不能强求的，"运"没有来的时候，强求也没有用。当运气很坏的时候，你不要着急，运气很好的时候，你也不要觉得自己怎么了不起，它是有一个你所不知道的力量在后面推动的，并不是你自己有什么了不起。

第三个字是"德"，就是道德的"德"。道德是任何时候都要"修"的，孔夫子讲的"德之不修，学之不讲，闻义不能徙，不善不能改，是吾忧也"。如果你不讲"德"、不讲"学"的话，那是非常大的忧患了。无论在什么意义上，我总觉得自己应做个好人，我觉得这是中华民族传统文化中一个非常重要的因素。像费孝通先生讲的，是中国文化传统的基因。一般普通的老百姓也不一定就"望子成龙",可是他希望孩子是个好人,不要是个坏人,这是生存在我们老百姓文化中的一个基因。在我最困难、最委屈、最想不通的时候,我觉得有一句话是我生活的支柱,那就是:"达则兼济天下,穷则独善其身。"尽管那时什么权利都被剥夺了,但我还可以做一个好人。我在乡下被监督劳动时,正是大饥饿的年代,领导要求我创造一个奇迹,要把四只小猪,在不喂粮食的条件下,也能养肥了给大家过年。就这个任务,使当时的我很着急,每天满山遍野地让猪拱食,到处给它们打猪草。后来把那些猪养得还可以,不算肥,但是大家过年的时候都吃得挺高兴,我也感觉很好。所以不管怎么样,就算在很困难的环境里,也要独善其身,竭尽全力,做个好人,所以老乡们都很喜欢我。当时我住的那一家,老大爷是个放羊的,他去放羊的时候,捡到一个核桃、几颗花生什么的都带回来给我吃。因为粮食不够,那时候的下放干部很多都得了浮肿病,可是我没有得。如果那时候因看不见前途就完全消沉,什么也不想干了,或者对老百姓很冷漠,对大家很抗拒,如果没有"穷则独善其身"的信念,就会觉得日子没法过下去。

第四个字是"知",知识的"知"。"知"是自己求的,就是说你要有知识,要有智慧。这一点,我觉得我也一直没有放弃。即使在放猪的时候,我也一边放猪,一边念念英文单词，没有把英语基础全丢掉。我原来是喜欢外国文学的，特别是屠格涅夫等俄国作家的小说。他写的革命女性对我的影响非常之大。同时，我也很喜欢中国的古诗词。我很奇怪，一方面是那种特别进取的，比如我喜欢的俄国文学都是比较进取的，立志要为别人、为大众做一点事；另一方面，中国的诗词曲，特别是元曲里那些比较消极的东西对我影响也很大。比方说我年轻时老爱背诵的那些元曲，"朝如青丝暮成雪""上床与鞋履相别""人生有限杯，几个登高节"之类。这些知识对我以后走上比较文学的道路是很重要的，因为我知道一点西方，又知道一点中国，然后又运气好，到了哈佛大学，接触了比较文学学科，这就使我有了从事比较文学的愿望，我特别喜欢这个学科，也看到这个学科将来的发展未可限量。所以这个"知"对人很重要，甚至会决定人的一生。如果你没有接触这个知识领域，没有看过相关的书，那就不可能向这方面发展，你这个人就会很闭塞，可供你选择的道路也会很少。所以，我很看重"知"这个字。

第五个字是"行"。上面谈到的一切，最后要落实到你的行为。这个"行"其实是一种选择，就是当你面临一个个关口的时候，你该怎么选择。人所面临的选择往往是纷繁的，也有很多偶然性。即便前面四个字你都做得很好，可是这最后一步，当你跨出去的时候，你走岔了，走到另一条路上去了，或者你这一步走慢了，或者走快了，你还是不会得到很好的结果。我觉得自己遇到过很多这样的关口，例如那时到苏联去开会，领导真的很挽留我，告诉我可以到莫斯科大学留学，兼做国外学生工作，但我还是决定回北大。后来季羡林先生给我的一本书写序的时候说，乐黛云这个选择是对的，可能中国失掉了一个女外交官，但中国有了一个很有才华的比较文学开拓者。这就是说选择很重要，人的一生，有时选择对了，有时选择错了。选择对了，运气不来也不行。记得我大学毕业时，彭真市长调我去做秘书，我选择不去，但也由不得我！没想到一来二去，当时竟把我的档案弄丢了，我也不想去找，后来也就算了。这样，我还留在北大，这就是选择和命运的结合。

总之，命、运、德、知、行，这五个字支配了我的一生。

# 塑造我的人生的几本书

人的个性可能有一些先天的因素,但归根结底取决于社会和家庭的影响;对一些人来说,读书更是起着十分重要的作用。

我在初中二年级读了《简·爱》,女主人公那种自尊自爱、自我奋斗,鄙弃世俗成见,忠实于自己的心的性格无形中成了我的榜样。

高中时代,我最喜欢的作家是陀思妥耶夫斯基,特别是《罪与罚》和《被侮辱与被损害的》,他让我第一次关注到社会底层可怕的贫困、痛苦和绝望,并深感如果对这一切不闻不问、漠不关心,那确是人生的奇耻大辱。

二十世纪四十年代末期,我有幸接触到车尔尼雪夫斯基的《怎么办?新人的故事》。职业革命家拉赫梅托夫和作者本人成了我最崇拜的偶像,也成了我在生活中追求的最高目标。

后来,一连串的逆境,使我深深爱上了《庄子》。庄子辽阔豁达的胸怀使我有力量去漠视生活对我的不公,尤其是他的名言"不累于俗,不饰于物,不苟于人,不忮于众"成了我在逆境中做人的准则。

与此同时,《陶渊明集》则陶冶了我浮躁而尚不能脱俗的情怀。陶渊明对素朴的田园生活的吟味,如"暧暧远人村,依依墟里烟。狗吠深巷中,鸡鸣桑树颠""晨兴理荒秽,带月荷锄归。道狭草木长,夕露沾我衣"等都陪伴着我,使我在艰苦的农村生活中体验着大自然的诗意而逐渐心安。"悲风爱静夜,林鸟喜晨开"等诗句使我对农村的静夜和清晨都充满着喜悦。后来,甚至对生死等大问题似乎也都有所参透了:"纵浪大化中,不喜亦不惧;应尽便须尽,无复独多虑。"一旦连生死都能听其自然,还有什么放不下的呢?

# 人生变奏

1952年我毕业留校工作,是幸运还是不幸?北京大学成了最敏感的政治风标,一切冲突都首先在这里的尖端放电。总之是阶级斗争不断:批判《武训传》、批判俞平伯、批判胡适、镇压反革命,接着又是肃清反革命……记得1955年夏,我头脑里那根"阶级斗争的弦"实在绷得太紧,眼看就要崩溃了。我不顾一切,在未请准假的情况下,私自回到贵阳老家。再见花溪的绿水青山,我好像又重新为人,不再只是一个政治动物。父母非常看重我的"衣锦荣归",总希望带我到亲戚朋友家里去炫耀一番。可是我身心疲惫,我太厌倦了!只好拂父母一片美意,成天徜徉于山水之间,纵情沉迷于儿时的回忆。

逍遥十天之后,一回校就受到了批判,罪名是在阶级斗争的关键时刻，临阵脱逃。从此，领导不再让我去做什么重要的政治工作，校刊主编的工作也被撤了职。我并不沮丧，倒十分乐于有时间再来念书。恰好1956年是全民振奋、向科学进军的一年。我竭尽全力教好我的第一次高班课——大学四年级的中国现代文学史。大学毕业后，我就选定现代文学作为我的研究方向，我喜欢这门风云变幻、富于活力和挑战性的学科。我的老师王瑶曾劝告过我，不如去念古典文学，研究那些死人写的东西。至少他对你的分析不会跳起来说：不对，我不是那样想的！研究现代文学可难了，如果你想公平、正直地评述，活着的作者，或已去世的作者的家人、朋友就会站出来为维护作家的声誉而说东道西。这是老师的肺腑之言，但我却没有听从老师的话，仍然选择了现代文学学科，作为我安身立命的起点。1956年，是我在教学和研究方面都大有收获的一年，我研究鲁迅、茅盾、郭沫若、曹禺，极力想方设法突破当时盛行的思想内容和人物性格，不切实际地追索思想意义、教育意义、认识意义的研究模式。我的长文《现代中国小说发展的一个轮廓》在当时发行量最大的文艺杂志《文艺学习》上多期连载。我自以为终于走上了正轨，开始了自己的学术生涯。当时，在刘少奇和周恩来的关注下，学校当局提倡读书，我还当选了"向科学进军"的模范、"读书标兵"。这年春天，毛泽东提出了"百家争鸣、百花齐放"的方针，知识分子更是为此激动不已。

1952年，我是中文系最年轻的助教，是新中国成立后共产党培养起来的第一代"新型知识分子"。我也因此自豪，决心做出一番事业。到了1957年，中文系陆续留下的青年教师已近二十名，我所在的文学教研室也有整十名。当时人文科学杂志很少，许多杂志又只发表学已有成的老先生的文章，年轻人的文章很少有机会发表。我们几个人一合计，决定在中文系办一个中型学术杂志，专门发表年轻人的文章。我们开了两次会，商定了两期刊物准备用的文章，并拟定了文章标题；大家都非常激动，以为就要有自己的刊物了。后来又在刊物名称上讨论了很久，有的说叫"八仙过海"，取其并无指导思想、只重"各显其能"之意；有的说叫"当代英雄"，当时俄国作家莱蒙托夫创造的那个才气横溢却不被社会赏识的"当代英雄"毕巧林，在大学年轻人中正风靡一时。会后，大家分头向教授们募捐，筹集经费。这时，已是1957年5月。我的老师王瑶先生是一个绝顶聪明而又善观形势的人，他警告我们立即停办。我们还莫名其妙，以为先生不免小题大做。

然而，历史自有它的轨迹，这一场"千古大手笔"的运动伤透了中国知识分子的心，使他们的幻想从此绝灭。我们参与办刊物的八个人无一幸免，全部成了"右派"。因为图谋办"同仁刊物"本身就是想摆脱党的领导，想摆脱领导，就是反党！况且我们设计的刊物选题中还有两篇大逆不道的东西：有"恶毒攻击"的罪行。其中一篇小说，作者是一位十六岁就给一位将军当勤务员的部队来的学生，他从《人民日报》被派到中文系来进修，当时担任进修教师党支部书记。这位伺候了将军半辈子的勤务员，很想写出这位将军一步步堕落的过程，以资他人借鉴。按"反右"逻辑，这就是诬蔑我党我军，"狼子野心，何其毒也"！就这样，新中国成立后文学教研室留下的十名新人，九个成了"右派"。"右派"者，敌人也，非人也！一句话，只配享受非人的待遇。尤其是我，不知怎么，一来二去竟成了"右派"头目，被戴上"极右派"的帽子，开除公职，开除党籍，每月十六元生活费，下乡接受监督劳动。

在北京远郊门头沟的崇山峻岭中，我们从山里把石头背下来，修水库，垒猪圈，我竭尽全力工作，竟在劳动中感到一种"焕发"，除了专注于如何不要滑倒，不要让石头从肩上滚下来，大脑可以什么也不想。累得半死，回住处倒头一睡，千头万绪，化为一梦。我越来越感到和体力劳动亲近，对脑力劳动逐渐产生了一种憎恶和厌倦，尤其是和农民在一起的时候。那几年，正值全国范围内无边无际的大饥饿，我们每天吃的东西只有杏树叶、榆树叶，加上一点玉米渣和玉米芯磨成的粉。后来，许多人得了浮肿病，我却很健康。我想，这一方面是因为他们不会享受那种劳动小憩时的舒心和甜美，另一方面也得益于我是女性。"男右派"很多，他们只能群居在一间又阴又黑的农民存放工具的冷房里；而女右派只有我一人，既不能男女杂居，就只好恩准我去和老百姓同住。他们替我挑了一家最可靠的老贫农翻身户，老大爷半辈子给地主赶牲口，五十多岁，分了地主的房地、浮财，才有可能娶一个老大娘过日子。老两口都十分善良，竟把我当亲女儿般看待，我也深深爱上了这两个受苦的人。老大爷给生产队放羊，每天在深山里转悠，山上到处都有核桃树，树上常有松鼠成群。老人常在松鼠的巢穴中掏出几个核桃，有时也捡回几粒漏收的花生、半截白薯、一根玉米。隔不几天，我们就可以在一起享受一次这些难得的珍品。老大娘还养了三只鸡，除了应卖的销售定额，总还有剩余，让我们一个月来上一两次鸡蛋宴，一人吃三个鸡蛋！

由于我不"认罪"，我不知道有什么罪，因此我迟迟不能摘掉右派帽子，也不准假回家探亲，虽然我非常非常想念我的刚满周岁的小儿子。直到1961年初，"大跃进"的劲头已过，饥饿逐渐缓解，水库被证明根本蓄不了水，猪回到了各家各户，集体猪圈也白修了，农村一下子轻松下来。我也被分配了较轻松的工作，为下放干部养猪，准备过年。我赶着四只小猪满山遍野寻食，村子里本来没有养猪的粮食，加之领导者意在创造一个奇迹——不用粮食也能把猪养肥，从此我每天日出而作，日落而息。一早赶着小猪，迎着太阳，往核桃树成林的深山里走去。我喜欢这种与大自然十分贴近的一个人的孤寂，然而，在这种情形下，不思考可就很难做到了。思前想后，考虑得最多的就是对知识分子的生活着实厌恶了。特别是那些为保自己而对他人的出卖，那些添油加醋、居心叵测的揭发……我为自己策划着未来的生活，以为最好是找一个地方隐居，从事体力劳动，自食其力。然而没有粮票，没有户口，到哪里去隐居呢？寺庙、教堂早已破败，连当"出家人"也无处可去。人的生活各种各样，我从来没有像现在这样深入了解过农民的生活。他们虽然贫苦，但容易满足。他们像大自然中的树，叶长叶落，最后还是返回自然，落叶归根。我又何必一定要执着于过去的生活，或者说过去为将来设计的生活呢？但转念一想，难道我真能主宰自己的生活吗？谁又能逃脱"螺丝钉"的命运？还不是把你摁到哪里就是哪里！想来想去，还是中国传统文化帮了忙：随遇而安，自得其乐。我似乎想明白了，倒也心安理得，每天赶着小猪，或引吭高歌，长啸于山林；或低吟浅唱，练英语，背单词于田野。

常有人感到奇怪，朝为座上客，暮为阶下囚，这种剧烈变化竟然没有引起我性格上的根本转变，我从不颓废，也没想过自杀，从未对未来完全失去信心，也从未想过我相濡以沫的丈夫和家庭会离我而去！我想那支撑我坚守的原因就是一直滋养我的、来自中西文化的生活原则和道德追求，特别是中国文化中的随遇而安、"穷则独善其身，达则兼济天下"的教导。

# 何时始终，何处来去

"何时始终，何处来去？"这是王国维在《红楼梦评论》中所思考的核心问题，也是当代学者丹尼尔·贝尔提出的"困扰着所有时代、所有地区和所有的人"的"原始问题"。"从哪里来，到哪里去？何时开始，何时终了？"这个问题，人类世世代代提出，但贝尔认为这是人类永远无法索解的问题，因为提出这个问题的原因是"人类处境的有限性，以及人不断要达到彼岸的理想所产生的张力"。人类不可能突破时间和空间的局限，又总是力求超越这种局限，了解宇宙的真谛。人类的处境本来就是"前不见古人，后不见来者"，这宇宙永恒与人生短暂的矛盾始终是他们无法逃脱的宿命，其结果也只能是"念天地之悠悠，独怆然而涕下"。正是这永远无法摆脱的孤独处境和永远无法满足的认知时空的渴望造就了人类千古的悲情。古今中外，无论何人都难于回答这"何时始终，何处来去"的千古谜题。

王国维认为，文学对灵魂的叩问，就是要尝试回答这个千百年来激发人类思考，却又无从索解的大问题。《红楼梦》之所以是中国千年未遇的"绝大著作"，就是因为它与这个永恒的问题相应和，提出了对这个问题的深及灵魂的叩问，并寻求解脱。

王国维认为，《红楼梦》一开始，就提出了"欲"的问题。贾宝玉的来历就是"因见众石俱得补天，独自己无才不得入选，遂自怨自叹，日夜悲号惭愧"，可见人生之痛苦实从欲望而起。王国维说："生活之本质何？欲而已矣。欲之为性无厌，而其原生于不足。不足之状态，苦痛是也……而《红楼梦》一书，实示此生活、此苦痛之由于自造，又示其解脱之道不可不由自己求之者也。"欲望之不得满足就是佛教总结的人生八苦中的"求不得苦"。王国维认为《红楼梦》所写的"求不得苦"可以分为两种。一种是一般人的痛苦，如金钏、司棋、尤三姐、潘又安等人的欲求，他们无非是"求偿其欲而不得"，遂以自刎、坠井、触墙等办法终止了生活。这在王国维看来并不是真正的解脱；真正的解脱应是"知生活与苦痛之不能相离，由是求绝其生活之欲，而得解脱之道"。也就是说根本拒绝生活的欲望。王国维说《红楼梦》中，唯"拒绝一切生活之欲"

的"贾宝玉、惜春、紫鹃三人"才是真正的解脱者,因为只有他们才意识到欲望是一切痛苦之源。而惜春、紫鹃二人又与贾宝玉不同,前者之解脱"存于自己之苦痛,彼之生活之欲,因不得其满足而愈烈,又因愈烈而愈不得其满足,如此循环而陷于失望之境遇,遂悟宇宙人生之真相,遽而求其息肩之所(或自杀或出家)"。贾宝玉的解脱与此不同,那是"非常之人,由非常之知力而洞观宇宙人生之本质,始知生活与苦痛之不能相离,由是求绝其生活之欲,而得解脱之道"。贾宝玉的"非常之处"就在于认识到时空的局限,认识到超越此种局限之"不可求",因而不再追求。王国维说正是由于这两种解脱之不同,故"此《红楼梦》之主人公所以非惜春、紫鹃而为贾宝玉者也"。

王国维认为从解脱这一点来说,也可看出《红楼梦》与《桃花扇》等作品在艺术价值上的分野。他说:"吾国之文学中,其具厌世解脱之精神者,仅有《桃花扇》与《红楼梦》耳。而《桃花扇》之解脱,非真解脱也……《桃花扇》之解脱,他律的也;而《红楼梦》之解脱,自律的也。且《桃花扇》之作者,但借侯(方域)、李(香君)之事,以写故国之戚,而非以描写人生为事。故《桃花扇》,政治的也,国民的也,历史的也;《红楼梦》,哲学的也,宇宙的也,文学的也。此《红楼梦》之所以大背于吾国人之精神,而其价值亦即存乎此。彼《南桃花扇》《红楼复梦》等,正代表吾国人乐天之精神者也。《红楼梦》一书与一切喜剧相反，彻头彻尾之悲剧也。"也就是说《红楼梦》之所以远远超出其他作品，就在于它始终在探求"何时始终，何处来去"这一永恒的问题而又始终没有找到答案。

自《红楼梦》面世以来，各种评点、题咏、索隐、漫评、考证层出不穷，但都未能企及王国维的水平。即便是与王国维同时代的先进人物，如林纾，虽认为《红楼梦》乃"中国说部登峰造极者"，也不过止于赞叹它的"叙人间富贵，感人情盛衰，用笔缜密，著色繁丽，制局精严"而已；侠人赞《红楼梦》说"吾国之小说，莫奇于《红楼梦》"，但给它的定位也只是"可谓之政治小说，可谓之伦理小说，可谓之社会小说，可谓之哲学小说、道德小说"而已。没有人能像王国维那样将《红楼梦》上升到叩问灵魂，提出追求"何时始终，何处来去"的超越时空的人类普遍问题的高度，从而使《红楼梦》进入顶级的世界性伟大悲剧的行列。

王国维所以能做到这样，正因为如他自己所说，本着"解释宇宙人生问题"之追求："知力人人之所同有，宇宙人生之问题，人人之所不得解也。具有能解释此问题之一部分者，无论其出于本国或出于外国，其偿我知识上之要求，而慰我怀疑之苦痛者，则一也。"王国维将古今中西熔于一炉，从中受到启发，按自己的认识和需要来决定取舍，故常能达到前人所未能企及之高度。

# 八十岁感言

**开场白**

我十分感谢正值北大中文系百年大庆,我即将年满八十岁之际,能在这里和大家一起谈谈自己的一些想法。我在北大中文系学习、工作了六十二年,在这六十二年里,我做了一生中最重要的三个选择。第一是选择了教师的职业。这个职业让我永远和青春同在,我和同学之间的感情、理解和交往像树根一样,将我紧紧地附着在肥沃的土地上,永不感到孤单。第二是选择了终身从事文学和文学研究。我认为一个人能将毕生绝大部分时间用来做自己最喜欢的事是最大的幸运。对很多人来说,谋生手段和兴趣爱好是分离的,不能不把很多时间奉献给自己并不喜欢的谋生"事业",而我不是这样,无论是谋生、学习、休闲,我的绝大部分时间都是奉献给文学。第三是选择了我的老伴。其实我们性格并不相同，我好动，追求"生命发挥到极致"，还讲过"生命应该燃烧起火焰，而不只是冒烟"之类的话。他好静，喜欢静观沉思。我们共同生活了五十八年，心中始终有一颗小小的火苗，那就是忠诚。历次政治斗争摧毁了很多家庭，我作为"极右派"下乡劳改时，他每周给我写一封信，信封必写"同志"，他为这"划不清界限"受过警告处分；"文化大革命"时，他是著名"黑帮"，常在深夜受到追逼审问，我总是远远跟着他，那时，很多人像他一样被带走后，就不知所终了，我至少要知道他在哪里啊。他在哲学楼二楼受盘问，我就坐在楼下石阶上等着，每天都要等到三更半夜。

无论经过多少波折，我始终无悔于我的这三个选择。

今天诸位来到北大中文系，也将面临人生的重大选择。现在，时代进步了，你们有充足的时间读书，有广泛的资料阅读，有自由的空间思考，这是十分宝贵的。祝福大家在生命的这一重要阶段，做出终身无悔的选择。

## 不算结束

《欧洲梦》一书的作者杰里米·里夫金认为，贯穿在今天的两大精神潮流是：一、在一个日益物质化的世界里，寻找某种更高的个人使命的渴望；二、在一个逐渐疏离、冷淡的社会里，寻找某种"共同体"意识的需求。他认为这也是欧洲和中国的有识之士所共同追求的。为了共存于一个联系日益紧密的世界，人类需要不断开发新的理念。在这点上，中国和欧洲会找到更多、更深层的共通之处。他在《欧洲梦》出版时致中国读者的一封信中说：当我们垂垂老矣，回首一生之际，我们会清楚地意识到，生命中重要的时刻是那些与物质积累没有什么关联，却和我们对同胞的热爱、我们作为个体与人类的关联，与我们所居住的星球息息相关的时刻！是通向有关生命意义本身的更重大的问题的时刻。我们所急于探讨的，正是作为生存于此世的人类，什么才是我们存在于二十一世纪真正的意义和目的。这是我们每一个人都应该思考的问题。

我在北大中文系生活学习了整整六十二年，我的生命也快走到了尽头。这六十二年中有失误，有弯路，有后悔之处。但最终有一条，可以说"始终如一"，那就是：我坚信文学不只是可有可无的个人消遣品，不只是逃避个人忧患的避难所，不只是驰骋个人想象的跑马场，更不只是单纯的谋生手段，而是对重构人类精神世界，再造人类精神文明，对塑造人类未来，负有重大历史使命的责任承担者，特别是对于我们选择了"文学"作为终身职业的人来说，更是如此。

## 情是幸福之本

人们常常试图找出幸福的量化指标和客观状况，如统计"幸福指数"之类。其实，在我看来，幸福属于个人的精神世界，每一个人感受的幸福都不相同。孔子最看重的学生颜回"一箪食，一瓢饮，居陋巷，人不堪其忧，回也不改其乐"。孔子认为他是幸福的。古希腊的第欧根尼无家无室，常年居住在一个木桶中。当亚历山大大帝去见他，问他需要什么帮助时，他唯一的回答是：请不要遮住我的阳光。他们都在享受自己的幸福。

幸福需要各种条件，如和平、温饱、健康等，这些都是幸福的基本条件，但拥有了这些条件的人，不一定都感到幸福。别人可以认为他们"身在福中不知福"，但是不是真正幸福，只有他们自己知道。托尔斯泰的名言："幸福的家庭都是相似的，不幸的家庭各有各的不幸。"其实，幸福的家庭又何尝一样呢？农民家庭"阖家团圆瓜棚坐，闲对风月笑呵呵"，应是幸福的吧；今天的"空巢家庭"，儿女东零西散，父母独守"空巢"，但想到孩子学有所成，都有可期许的未来，安知父母心中不也感到幸福呢!

　　回顾我自己曾有过的一些难忘的幸福时刻,也不尽是产生于所谓"金榜题名"之类的时节,倒反而是出现在极其艰难困苦的年月。记得1958年冬天那个春节,我第一次离开家,抛下不满周岁的儿子,作为一个被管制的"极右派"在农村过年。别的许多"右派"都和"下放干部"们一起回学校了,只有我们五个不肯"认罪""抗拒改造"的"极右派"被罚留下,继续"监督劳动"。除夕之夜,我本想蒙头一睡,万事皆休。但天尚未黑,生产队老队长来了,带来饺子、肉,还有米酒。他把我们叫到一起说:"吃点,喝点,高高兴兴过年!"又对我说:"你平常爱唱,也带着他们唱唱,乐呵乐呵!"我们五个人,除我而外,一个是数学系讲师,一个是数学系学生,另一个是新闻专业新留的助教,还有一个物理系的小女生,当时只有十九岁。三个男生住在农民存放农具的冰冷的北屋,我们把炕烧得热热的,酒足饭饱之时,倒也其乐融融。没想到我们几个竟有配合得如此完美的美妙歌喉!小女生清脆的女高音,我圆润的女低音,加上浑厚高昂的男声,歌声四处飘扬,震撼着夜空中的群山,带给我们难言的兴奋和快乐。我们唱完了所有共同会唱的歌,大家兴犹未尽,我提议教他们一首新歌,那是我在大学时经常和同学们一起演出的一曲混声合唱，歌名为《祖国，歌唱你的明天》，歌词有"祖国，向你歌唱，歌唱你的明天！明天，新的中国，她已灿烂辉煌……新的生活，新的文化，永为四万万人民所共享……没有痛苦，没有饥寒，更没有敌人来侵犯你的边疆……鲜丽的旗帜，高高飘扬……飘扬……飘扬……飘扬"。当时，只觉得一种淹没一切的幸福，从心中升起：我有伟大的祖国，她必灿烂辉煌！我属于她，是她的一部分，她是我的血肉，我的支撑，这是谁也无法剥夺的！她将支持我，指引我，穿越任何逆境，一起走向灿烂的明天！正如楚国的屈原虽受尽迫害，却无人能剥夺他心中对祖国的热爱……今天，我已年过八十，那旋律、那歌词、那幸福仍然萦回在我脑际。每当我听到叶佩英唱的"我爱你，中国"，廖昌永唱的"我和我的祖国，一刻也不能分割"，一种强烈的幸福感就会从足下升起，充溢全身，真像孟子说的那样"见于面，盎于背，施于四体，四体不言而喻"。我想一个全无爱国情怀的人是很难体验到真正的幸福的！

当然，幸福的源泉并不止此。中国古人尝言"乐莫乐兮新相知"，又说"知音其难哉"。如果真有一个忠心耿耿，始终相信你的品质，懂得你的弱点，蔑视任何谣言、传闻、曲解和误导，随时向你进忠言的朋友，那无疑是难得的幸福。今年我八十初度，老伴开玩笑地送我一首打油诗,道是"摸爬滚打四不像,翻江倒海野狐禅。革故鼎新心在野,转识成智觉有情",落款是"浪漫儒家"。关于我当年一无基础,二无条件,年已五十,却硬要以新学科比较文学为毕生志业,其中的酸甜苦辣,他算是最知情的人!有这样的知音相伴终生,我想这是我一生最大的幸福。

从以上两个我亲身经历的实例,大概可以说明幸福确实因时、因地、因人而异,它的根本是情,是对人、对周围一切的热爱!很难想象一个对事冷漠、对人无情的人会有真正的幸福。

# 九十岁感言

人的命运总是与时代息息相关。我出生在二十世纪三十年代,1948年考入北京大学。五十年代初期,曾经有过那样辉煌的日子,到处是鲜花、阳光、青春、理想和自信!后来就是一连串痛苦而惶惑的岁月,谁也说不清是怎么回事。我在北大(包括门头沟劳动基地、北大鲤鱼洲分校)当过猪倌、伙夫、赶驴人、打砖手,也学会了耕地、播种、收割,最后又回到学术岗位。八十年代以来,我访问过美国、加拿大、澳大利亚等国家,还去过非洲、南美洲和欧洲。虽然我有机会长期留在国外,但我最终还是回到了北大。

我很庆幸选择了北大,选择了教师这个职业,选择了文学研究作为我的终身事业。我从小就立志从事文学工作,最大的愿望是把美好的中国文学带到世界各地,让各国人民都能欣赏到优美的中国文化,进而了解中国。我努力做着,虽然做得还不够好,但我一直是这样做的。

今年我九十岁了,在北大七十二年。我与北大血脉相连,这里有我的老师、我的亲人、我的学生们。我爱北大,爱她美丽的校园,爱她自由创新的精神。我深深感谢命运给予我的一切,光荣和卑屈、骄傲和耻辱、欢乐和痛苦、动荡和宁静……

# 附录一
## 文章出处

本书共收录40篇文章,分为四辑,辑一包含9篇文章;辑二包含9篇文章;辑三包含9篇文章;辑四包含13篇文章。

其中《母亲的胆识》《伯父的遗憾》《我的初中国文老师》《故乡的月》《永恒的真诚——难忘废名先生》《从北大外出远游》和《八十岁感言》7篇分别参考东方出版社《师道师说:乐黛云卷》2016年1月版,第10—12页、第13—15页、第16—18页、第19—21页、第75—80页、第124—133页、第293—294页。

《我从小就喜欢面对群山》《初进北大》《四院生活》《小粉红花》《塑造我的人生的几本书》《我们的书斋》《美丽的治贝子园》《忧伤的小径》《蜻蜓》《空前绝后的草棚大学——记北大鲤鱼洲分校》《人生变奏》《献给自由的精魂——我所知道的北大校长们》《怀念马寅初校长》《大江阔千里——季羡林先生二三事》《父亲的浪漫》《望之俨然,即之也温——我心中的汤用彤先生》《沧海月明珠有泪——忆女友》《绝色霜枫——家麟》《情感之维》《问世间"情"为何物》《漫谈女性文学在中国》《美丽的巫山神女和山鬼》《鲁迅心中的中国第一美人》《魏晋女性生活一瞥》和《何时始终，何处来去》25篇分别参考译林出版社《乐黛云散文集》2015年10月版，第1—5页、第7—11页、第19—26页、第41—45页、第47—50页、第51—55页、第63—67页、第69—72页、第89—93页、第95—104页、第123—129页、第131—140页、第141—146页、第147—152页、第167—177页、第179—189页、第191—196页、第207—214页、第235—239页、第241—251页、第259—265页、第267—271页、第273—285页、第321—327页、第337—342页。

《九十岁感言》《我心中的的山水》《快乐的沙滩》《我的五字人生感悟》《一个冷隽的人，一个热忱的人——纪念吾师王瑶先生》《文化更新的探索者——陈寅恪》《同行在未名湖畔的两只小鸟》7篇分别参考中国大百科全书出版社《九十年沧桑：我的文学之路》2021年1月版，前言、第023—026页、第041—050页、第282—285页、第304—307页、第308—317页、第332—333页。

《叛逆、牺牲、殉道——现实和文学中的中国女性》参考中国广播电视出版社《探索人的生命世界》2007年9月版，第50—55页。

# 附录二
## 推荐语

我们这一代人已支离破碎,失去根基,纷纷老于世故,在清澈的老一辈面前是有愧的。"汤乐三书"辑录了一个世纪的回忆片段,而作为读者,我们只有通过这些文字在自己身上复活这个似乎已成往事的漫长而复杂的世纪,与它一起呼吸,荣辱与共,才会理解,那种百折不挠的理想主义(或者说浪漫主义)能够与智慧、谦逊和宽容,如此奇迹般地、持久地结合在一起,是多么不易——更有经历的读者会在每一页文字后面读出"爱"。

——程巍

这里有隽永的文字,这里有热情而动人的沉思。

汤一介、乐黛云两位先生是大时代的儿女,他们穿越时代的狂飙巨浪,从大风大雨中走来,告诉我们:

有一种风骨,叫作不可转让的尊严;

有一种传承,叫作以对历史的信念去面向未来;

有一种英雄,叫作看透生活却依然热爱生活。

——陈越光

阅读这套文化学术随笔，对于什么叫作爱不释手更有了切身的体验！跨越两个世纪，一对中国优秀知识分子伉俪，以优美智慧的锦绣文字，把你带入百年风云变幻的大时代！他们的生活与情感，追求与理想，顽强与坚持，面对世事艰辛，笑看风云变幻，始终从容镇定的人生态度，都会在掩卷之余，久久存留于你的记忆之中。

——陈跃红

汤一介和乐黛云先生自喻为"未名湖畔两只小鸟"，他们乃中国文化和文明比较领域的卓然大家。他们的文章，充盈着对人类命运的关切、对文化价值的珍视，其理明、其思远、其情真、其词美。开卷可见哲思之流淌、掩卷可享博雅之沉淀。

——干春松

这一套小书包括他们丰富的人生阅历、深厚的思想追求和对前沿学术的探索，如此坦诚、细腻，沧桑而丰厚。

——贺桂梅

精选辑录的"汤乐三书"，在各自讲述自己家庭和生活道路之后，一起开讲中国哲学和比较文学精义的"国文课"。由于他们的研究在学术界的影响力，回忆的前辈、师友多是现代中国知名学者和文化人士，而几十年的遭际也紧密连结着当代诸多政治和文化事件，这些叙述能让我们窥见时代风云的驳杂光影。但是它们更重要的价值是在人格性情上的启示。一个冷静温和谨慎，一个浪漫热情勇敢，却"儒道互补"般相濡以沫几十年，在患难中扶持并携手同行;"去看那看不见的事物,去听那听不见的声音,把灵魂呈现给不存在的东西吧"的进取;知与行、真与善、为学与为道统一的人格追求;绝不趋势附炎、"事不避难,义不逃责,素位而行"的承担和操守……由于生命真诚、执着的投入,他们所期望的和而不同、通过对话构建多元文化共存格局的人类理想,也因此变得可信、似乎也可行起来了。

——洪子诚

他们从沙滩红楼到未名湖畔,数十春秋,命里注定比翼而飞。

他们在修德讲学中,事不避难,义不逃责;亦浪漫,亦幻灭,亦追求;迷失自我,又找回自我。生命的花火由此而绽放出绚丽的光辉。

他们以自由、独立的精神,以海纳百川的胸襟,究天人之际,通古今之变,会东西之学,在全球化视野下反本开新,在各自学术领域树立起灿烂的丰碑。

他们用语言,把无数的心灵照亮。

——王达敏

当真正的理性熔铸为恒久的浪漫,平凡的书斋生活就成了岁月的传奇。这里呈献给读者的三本书,是汤一介先生、乐黛云先生的散文精粹和思想短论。时代巨变下的感受、思考,峰巅谷底间的记忆点滴,文字平实,思想深刻,既是文学精品,也是学术华章。勇敢、真诚的生活留下的印迹,将成为未名湖畔的经久传说。

——杨立华

饱经世事沧桑，体会人间百味，而依然纯粹如精金、温润似良玉的人，才能写出如此自然通透的文字。而文字的境界，或许还在其次。更重要的是，这些用热血、生命和智慧写成的篇章，会让我们更能理解什么才是真正的读书人，什么才是最美好的爱情，什么才是最值得过的人生。

——张辉

总以为汤乐二师的特点是"儒道互补"，然感谢时代华文让我们可以对读两位先生，方才体认到，无论是"天人合一"的存在关怀，"熔铸古今""兼通中外"的全球视野，文史哲融汇的阅读与思辨经验，还是"留下无痕迹的痕迹""追求非有非无之间"的生命感悟，都诉说着二位先生的"同"而非"异"：对生活、他人、自我以及学术的真诚。

——张锦